ラオスにいったい何があるというんですか

假如真有时光机

〔日〕村上春树 著
施小炜 译

新经典文化股份有限公司
www.readinglife.com
出 品

目 录
Contents

1　**查尔斯河畔的小径**
　　波士顿1

15　**有绿苔与温泉的去处**
　　冰岛

51　**想吃美味的东西**
　　俄勒冈州波特兰 · 缅因州波特兰

71　**两座令人怀念的小岛**
　　米克诺斯岛 · 斯佩察岛

99 **假如真有时光机**
纽约的爵士俱乐部

113 **拜访西贝柳斯和考里斯马基**
芬兰

133 **伟大的湄公河畔**
老挝,琅勃拉邦

157 **棒球、鲸鱼和甜甜圈**
波士顿2

171 **白色道路与红色葡萄酒**
　　　意大利，托斯卡纳

187 **从漱石到熊本熊**
　　　日本，熊本县

225 **后记**

查尔斯河畔的小径

波士顿 1

从一九九三年到一九九五年，我在波士顿近郊生活了大约两年（后来又在那里生活过一年）。自那以来到今天，说起情景让我印象最深刻的地方，无论怎么说都是查尔斯河滨的道路。只要情况允许，一年之中几乎每一天，我都会穿上慢跑鞋在这条路上奔跑。偶尔也会为了做速度练习，绕着塔夫茨大学的四百米跑道转圈，但基本上，这条长长的河畔道路就是我的地盘，我的主场。

从我在剑桥市的寓所到这条河边有将近两公里，跑步过来约莫得花上十分钟。要跑到河边，途中得穿越一条路幅颇宽的大马路，叫马萨诸塞大街，但除此以外，一路上都没什么车流，都是闲静的住宅区内的生活道路。有几段街树繁茂的平缓坡道，忽而上忽而下，跑过哈佛大学的学生宿舍那些古老的砖瓦建筑，查尔斯河就会出现在眼前。这条大河优美地蜿蜒穿行于茂密的绿色之中，又长又宽的漫步道在两岸延绵不绝。几座桥连接起两岸的道路。沿河畔而下，来到麻省理工学院附近，这条河就成了波士顿闹市区与剑桥市之间的自然边界。跑到这里，渐渐地便可以望见大西洋了。

夏日里，街树在这条漫步道上投下鲜明而阴凉的树影。波士顿的夏天毫无疑问是个明亮绚烂的季节。哈佛大学和波士顿大学的学生们为了划船比赛在玩命地练习。女孩子们将毛巾铺在草坪上，大方地穿着比基尼，边听 iPod 边晒日光浴。卖冰激凌的摊贩摆好了售货小卡车。有人弹着吉他唱歌。狗儿追逐着飞盘狂奔。然而很快，新英格兰那独特的短暂美丽的秋天就将取而代之。包围着我们的排山倒海的浓浓绿意，将一点点地让位于浅淡的金黄。然后到了在慢跑短裤外面加一条运动裤的时候，枯叶随风曼舞，四下里传来橡子敲打柏油路面发出的坚硬而干脆的"咚咚"声。到了这时，松鼠们神色都为之一变，开始四处奔忙，收藏过冬用的食粮。

万圣节一过，这一带的冬天便如同干练的税务官，寡言少语却确实无疑地到来了。吹过河面的风冷得就像刚刚磨亮的砍刀，锋利难当。我们戴好手套，将绒线帽子的帽耳扯到耳朵下边，时不时地还会戴上口罩外出跑步。倘若只有冷风倒也罢了，忍一忍好歹还能挺过去。最要命的是大雪。积雪没过多久就变成巨大而光滑的冰块,堵死了道路。于是我们只好放弃跑步,或是在室内泳池里游泳,或是骑在那无聊至极的健身单车上扎扎实实地调整体力,静静地等待着春天到来,冰消雪融,再次在河边迈步奔跑。

这就是查尔斯河。人们来到这里,按照各自的风格度过河畔的时光。或是悠闲地漫步,或是遛狗、骑车,或是慢跑,或是玩轮滑鞋。(干吗要"玩"这么吓人的玩意儿,老实说,我百思不得其解。)人们仿佛是被某种东西吸引,聚集到这缓缓流淌的河流沿岸来。

在日常生活中看到大量的水,对人们来说难道不是一种具有重大意义的行为?呃,"对人们来说"这个说法或许有些夸大其词,但至少对我而言,似乎是一件相当重大的事情。假如有一段时间看不到水,我就觉得自己正在点点滴滴地丧失某些东西。这同热爱音乐的人由于某种原因长时间远离音乐,感受到的心情大概有些相似。而与我生于海边长于海边的事实,或许多少也有关系。

总之,来到河畔,开始在朗费罗大桥附近的漫步道上奔跑,我便仿佛回到了熟悉的地方一般气定神闲。这种"气定神闲"的状态如果用稍长些的句子,添上汉字细加解说的话,那就是,我突然实实在在地有一种感受："哎呀，我这个人，就这么无所用心地——实际上却不容分说地怀揣着末端的自我——作为非理性的微末杂多的众生之一，生存在这里。"然而要将这种事一件件道出，可就说来话长了，只好用"气定神闲"来概括。

水面日日微妙地变化，改换着颜色、波浪的形状与河水的流速。于是，季节确确实实地改变着河岸周边的植物与动物的模样。大小不同、形状各异的云朵不知从何而来，飘然现身之后又不知所终。河流沐浴着阳光，忽而鲜明忽而暧昧地将那白色的光影投映在水面上。季节变换，风向仿佛切换了开关一般随之改变。根据那种触感、气味与方向，我们可以明确地感受到季节推移的刻度。在这样一种伴随着真实感的流变中，我感觉自己只不过是自然那巨大的拼图中微小的一片，就像朝鲜壮观的大型团体操中的一员。姑且不论这样比喻是否合适，大体可算是不赖的心情。

马萨诸塞州从波士顿到剑桥这片区域，对慢跑爱好者来说是相当理想的场所。尽管我不会断言波士顿是慢跑圣地，但这座城市的慢跑者与其他城市相比肯定多出不少。因为在波士顿，有一批为数不少的追求健康，并不厌其烦地为此投入时间和金钱的知

查尔斯河畔的漫步道

性专业人士（从前好像把这种人称作雅皮士来着），因此这座城市里有很多装备齐全的慢跑器材店。此外，以慢跑鞋制造商"新百伦"为首，这一带分布着好几家生产慢跑器材的本地企业。而且最为重要、最为重要的，是波士顿拥有波士顿马拉松。

到了三月，坚硬的雪终于消融，化雪后的泥泞也已干透，等到人们脱下厚厚的大衣蜂拥而至，来到查尔斯河畔时（河畔的樱花怒放还需要等待时日，这座城市的樱花要到五月才开），仿佛是感觉"呵呵，差不多万事俱备了嘛……"，波士顿马拉松便登场了。这个历史悠久、闻名遐迩的马拉松大赛，我总共参加过四次（到今天为止总共跑过六次），即在一九九一年、一九九二年、一九九四年和一九九五年。一九九三年那次十分遗憾，我因为忙于写小说放弃了出场。尽管事出无奈，还是让人难掩寂寞。细细想来，这马拉松大赛于我而言，说得夸张一点，已经变成了类似精神上的故乡一般的大赛了。

势必有人要问，那么，与其他马拉松大赛相比，波士顿马拉松到底有什么地方，对你来说居然如此精彩美妙呢？其中自然有许多理由。但假如有人说，没时间听你长篇大论，就举出一个来得啦，恐怕我会回答："无论怎么说，其中首先有一种情景上的魅力。"千真万确，其中确实有一种情景上的魅力。

比赛路线以一个叫霍普金顿的郊外小镇为起点，然后穿过漫长的绿色田园风光，跑过潇洒的高级住宅区，右转九十度，越过传说中的撕心裂肺坡（当然并非真的撕心裂肺，仅仅是令人难熬罢了），很快便进入波士顿市区，在距离起跑点二十六英里多的闹市区摩天大楼前戏剧性地结束赛程。春天的马萨诸塞景致固然美丽，不过实话实说，倒也并非美得无以言表。风景更加美丽的场所在别处也有的是。

尽管如此，这二十六英里的比赛路线中似乎还是有某种东西勾魂摄魄，将我们的心灵深深诱入眼前循序展开的风景。我跑过纽约城市马拉松，也跑过火奴鲁鲁马拉松，这些比赛路线也各有各的美，令人印象深刻，然而我觉得，波士顿马拉松沿途的风景似乎有其他赛事无从得见的独到之处。那究竟是什么？每当奔跑在比赛路线上，我总会思考："这情景之中究竟有什么东西，对我们来说竟如此特别？"于是有一次，我陡然想到：这情景之中——用这么复杂的词实在抱歉——无疑有一种类似"概念设定"的东西。这样说不太好懂。该怎么说呢？倘若用英语来表达，determination 一词可能比较接近。也就是说，从这种情景中，可以清楚无误地感受到一种明确的决定，这便是我们心中的马拉松。

是什么人在什么时候如此决定的，我当然不得而知。但是，那东西的的确确就在那里。而我们这些跑者能在那种确定的概念中，一边奔跑，一边使感情同化到不可思议的地步。无论怎么说，还是得承认它有某种特别之处。

也许你会说："哼，不就是一场马拉松赛嘛，居然还有什么'痛下决心'的概念，叫人怎么受得了？"这样的心情，我也并非不能理解。不过这个赛事拥有的这种派头，在某种意义上，与新英格兰这个地方拥有的派头是重叠交融的。我以为这些风景与决心，无论你喜欢还是不喜欢，总之都是表里一体的，已经到了不可分离的地步。这大约是历经百年的漫长岁月，由芸芸众生的温情呵护、认定"越旧越好"的波士顿人特有的顽冥，潜移默化、扎扎实实打造出来的决心。总之，我至今仍然能在心里依照顺序回忆起沿途的景致，"如此如此，这般这般，那里有那个，这里有这个"，就像历历在目地回忆起生平第一次与恋人约会走过的路线。

跑完比赛，便直接赶到卡普利广场的 Legal Sea Foods 海鲜餐馆，先喝一杯山姆·亚当斯啤酒，然后吃清蒸小圆蛤。看到我脖子上挂着的完赛奖牌，女服务员便说："Oh, you are one of those crazy people, aren't you?"哦，你也是那群疯子中的一个嘛。对，我也是其中之一，谢谢。直到此时，真实感方才涌上心头："啊，

在跑波士顿马拉松的作者,迄今为止一共参加了六次

今年的波士顿马拉松也跑完啦!"

不过真正精彩的,也许该算跑完后的第二天。第二天早晨,我一如平素,从家里跑到查尔斯河畔。当然,拜赛事所赐,腿疼痛难耐,既跑不快也跑不远,总之姑且跑到河边,然后眺望着河水,沿着平日的漫步道优哉游哉地、仿佛抚慰身体一般慢跑。不必匆匆忙忙,反正关键的比赛已经结束了。固然成绩欠佳,也并非全无遗憾,又没有人来表扬我。在旁人看来,我无非只是那群疯子中的一个罢了。但总而言之,我这一年间健健康康地每天早晨坚持跑步,作为结论之一,在这里跑完了波士顿马拉松全程。这难道不是一件了不起的事情吗?尽管微不足道,但不是也可以称为一项成就吗?

我将春天的空气满满地吸入胸膛(幸亏我没有花粉过敏症),目睹樱花鼓起花蕾。在波士顿,樱花要到五月初才绽满枝头。云彩平静徐缓地流动。性情温顺的鸭子高声叫着,穿过桥洞顺流而下,就像玩得尽兴的小孩子。很快,从前方跑来了同样拖拽着腿脚、略显蹒跚的中年慢跑者。交臂而过时,我们浮出微笑,彼此微微地举手致意。

然后,我们大概已经在思考明年春天的事了。

〈追记〉

毋庸置疑,二〇一三年发生的"波士顿马拉松爆炸事件"给全世界的人们,尤其是跑步的市民巨大的冲击。马拉松赛场是人们以最不设防的状态相聚一堂的场所。为什么袭击者非要将如此和平的场所当作恐怖袭击的目标呢?我祈愿波士顿马拉松能超越悲哀与愤怒,绝不放弃那独特的友好氛围,永永远远地存续下去。

有绿苔与温泉的去处

冰岛

1 作家会议

今年九月,我曾前往冰岛的雷克雅未克,出席一场类似"世界作家会议"的活动。总而言之,我这个人很不擅长参加官方典礼、招待会、演讲、应酬、聚餐之类的活动,所以很少在这种场合露面。不过,当来自冰岛的邀请信飘然而至,我却沉吟了片刻:"呃,冰岛吗?"摊开世界地图望着冰岛,随后便决定去瞧一瞧。因为倘若没有这样的机会,只怕我是不可能跑到冰岛去的。从地图上看,冰岛当真就像在世界的顶端,或者说是天尽头,几乎一只脚踏入了北极圈。只要天尽头有东西存在,就想去看一看,这也是我的癖好之一。

此外,我的小说《斯普特尼克恋人》九月里将要在冰岛翻译出版,这是继《国境以南,太阳以西》之后的第二本冰岛语译本。

然而说到冰岛,那不过是个人口不足三十万的国度,弄不好东京都港区的人口都要比它的多?在那么小的市场上出版我的小说译本,只怕也无利可图吧。如此一想,便觉得还是应该借此机会前去探访一番,那究竟是个怎样的国度?那里的人们是如何思考、如何生活的?

2 空旷的国度

由于没有从东京直达雷克雅未克的航班,我得先飞到哥本哈根,再从那里转乘冰岛航空公司的班机。飞抵哥本哈根大约需要十个半小时,从那里到雷克雅未克还得再飞将近三个小时。加起来是一次相当漫长的旅行。我在旅途中读完了四本书。

冰岛的面积大致相当于四国与北海道之和。要说辽阔,还是十分辽阔的。然而方才也提到过,这里的人口不足三十万,所以很有"空旷感"。在欧洲自然也是人口密度最为"空旷"的国家。单是听听数字便足以想象:那地方相当空旷啊!而实际上去了一瞧,果然几乎没有人烟。当然,雷克雅未克作为首都,是个大都市(全国人口近一半集中在这里),自然颇为热闹,早晚也会堵车（几乎没有其他交通工具，所以大家都开车），但租辆汽车稍微开出城一小段路，便是名副其实的空空荡荡了。驱车一路向前，既不会与车辆交会，也见不到一个人影。人口八百五十六人、三百四十八人之类的小巧玲珑的镇子，仿佛骤然浮想起来似的，星星点点地现身。镇子与镇子之间，长满青苔的广阔熔岩台地延绵不绝。面积如此辽阔的国家，电话居然连市外号码都没有。只须拨个市内电话，就可以打往全国各地。

冰岛作为欧洲的新晋观光热点，近来颇引人注目，所以每到夏天旅游旺季，游客云集汇聚，大概也颇为热闹。然而我去的时候是九月初，已然秋意萧瑟，几乎见不到观光客的身影。许多宾馆不再营业，要不就是大幅缩小营业规模。整个国家充满了"已经关门打烊"的气氛，拜其所赐，我相当深刻地体验到了北方特有的寂寥之感。我并不知道，冰岛的观光产业大约从五月前后开始，到了八月底便正式宣告终结，然后像幕间休息似的有一个短暂的秋天，继而漫长阴晦的冬天就来造访了。

虽说是九月初，冰岛却已经很冷，根本没有像日本那样的"难挨的残暑"。穿上毛衣，再穿上皮夹克，甚至系上围巾，都是平日里的寻常装扮，总而言之风寒逼人，叫人担心才进入九月就冷到这个份上，到了严冬又该冷到何种程度呢？然而实际上，冬天并没有想象的那么冷。因为墨西哥湾暖流一直流到冰岛附近，所以纬度虽高，冰岛的冬天却不怎么冷。听说纬度低得多的欧洲各国反倒更冷。"跟纽约的寒冷程度相差无几哟。"冰岛人都这么说。姑且不论寒冷程度，由于位置无限接近北极圈，冰岛冬季的夜晚很长。在北方，一天之中太阳只出来大约两小时，其余时间不是漆黑就是微暗，仅仅有一点浓淡层次的推移而已。人们待在屋子里，只能读读书，或者看看租来的录像带。这种地方，普通游客大概不太愿意来吧。

于是乎，就决定九月初召开"世界作家会议"。由于观光客骤减，连宾馆也变得容易预订了。

3 爱读书的国家

关于作家会议，没什么好写的东西。我所做的事情就是朗读自己的作品、上台做公开访谈、接受两家报纸采访、在冰岛大学演讲、在书店签售，然后是出席开幕招待会、在鸡尾酒会上与其他作家交谈。说真的，做不习惯的事毕竟容易疲倦，不过与冰岛的年轻人促膝交谈倒是很快乐的事。还和邻座一位随和的大婶闲聊很久，得到了一份纪念礼物，事后一问，才知道那是位名人，曾当过冰岛总统，真是个毫不做作、看起来普普通通的人。

到了冰岛，感到最震惊的事，就是人们热衷于读书。大概与冬天太长、多在室内打发时光有关，但读书在这个国家似乎有特别重大的价值。我听他们说过，看看一个人家里是否有个像模像样的书架，就能衡量出那个人的价值。相对于人口而言，大型书店为数众多，冰岛的文学也很发达，赫尔多尔·拉克斯内斯曾在一九五五年获得诺贝尔文学奖。据说他去世时，他的代表作长篇小说《独立的人们》曾经在广播里连续朗读了好几个星期。其间，全体国民名副其实地"钉在"了收音机前，巴士停运，渔船停航。好厉害呀！作家也为数众多，据说单单雷克雅未克一地，就有三百四十名"作家"登记在册。如同永濑正敏主演的电影《冷冽炽情》（弗里德里克·弗里德里克松导演）中提到的那样，冰岛是世界上作家占总人口比例最高的国家。

冰岛人能说一口流利的英语，差不多就像母语一样。尽管如此，他们对冰岛文化和语言抱持的挚爱与自豪，便是在我这一介过客看来，似乎也是明确而坚定的。冰岛语是一种成分接近古挪威语的语言，大约从公元八百年开始至今，结构上几乎没发生过变化。也就是说，文学性在欧洲获得高度评价的"冰岛萨迦①"所使用的语言，源远流长、一脉相传，一直延续至今。细想起来，一千多年前的"叙事语言"，在日本来说就是与《源氏物语》同时代的语言了，居然原封不动地还在继续使用，这可是相当了不起。

只不过，外国人要学冰岛语似乎很不容易。询问任何一位冰岛人，都会说："冰岛语难得一塌糊涂啊。"据说连发音都很难全部掌握。反正不管走到哪里，英语都说得通（当然，远离雷克雅未克后，情况多少有些令人生疑），就旅行来说并没有什么不便之处，只是这语言总让人不由自主地萌生出兴趣来。

至于冰岛语为何长期以来几乎毫无变化，最大的原因还在于这里是欧洲真正的"尽头"，往来十分不便，直到最近，与其他文化的交流都不太频繁。在很长一段时期内，无论是外来文化还是外来词语，都只流入了很少的一点，因而语言才能以较为纯粹的形态得到保存。冰岛人对本国文化的独特性有极强的保护意识，直到现在仍然尽量不使用外来语，比如 fax（传真）、computer（电脑）这类词，都不会照搬发音，而是译成冰岛语词汇再用。这种地方跟日本截然不同。

---

①冰岛最为著名的古典文学作品形式，是一种人们在开始定居冰岛的时代写下的散文史诗，内容多为英雄故事和家族传奇。

4 冰岛那些有点奇怪的动物

说到不变,冰岛的动物们也和语言一样,自古以来就没有太大的变化,因为冰岛严格限制从外国携带动物入境。这么做自有他们的道理,在冰岛迄今为止不算太长的历史上(冰岛的历史始于公元九世纪,此前这座岛几乎处于无人状态),曾有过数次从外国携入的疫病导致家禽灭亡,甚至人口骤减的悲惨经历。狭小的孤岛无路可逃,加之免疫力又不强,一旦有疫情传入,每每无法收拾。

因此,从外国携带动物入境受到严格限制,拜其所赐,许多动物按照"冰岛式样"完成了独立的进化。比如说冰岛的羊没有尾巴。问问冰岛人,他们却回答说:"有生以来第一次出国时,看见羊居然长着尾巴,吓了一大跳。"

我不吃羊肉,所以不太了解,据说冰岛的羊肉与其他地方的味道不太一样。要让冰岛人说的话,他们会告诉你:冰岛的羊是吃着自古不变、富有香味的天然牧草长大的,羊肉带有天然的美妙香味。我太太喜欢羊肉,常吃,但她却说冰岛的羊肉"颇有异趣"。

冰岛的马也与别处的马很不一样。自殖民时代之初被带进冰岛后,几乎没有混入别的血统,因而原封不动地保留着古代斯堪的纳维亚马的模样，整体而言个头小巧，鬃毛非常长。颇有些像从前那种"电声乐队"的歌手，一边撩起飘逸的刘海，一边款款而来，这种地方甚至让人感到妖冶。冰岛的马适应了在冰岛荒凉的大地上奔驰，坚忍耐劳，性格温顺，容易驾驭，在欧洲好像也很受欢迎。它们曾经作为冰岛唯一的交通工具备受珍惜，如今大家都开起了大型四轮驱动车，这种实用性自然已不复存在，但骑马仍然是一种颇为盛行的娱乐活动。冰岛马不适合用作赛马，但很适合平日里骑乘，骑马俱乐部到处可见。毕竟是个相当空旷的地方，纵马驰骋一定非常有趣。

冰岛的猫，我觉得跟其他国家的好像也很不一样。我爱猫，每次去不同的国家，都会仔细观察那里的猫儿的外观与气质。不过冰岛的猫非常有趣。首先，相比于人口，猫的数量多得吓人。在萨哈林岛看到的都是狗，而在冰岛，猫的数量占绝对优势。在雷克雅未克的街头散步，常常会遇到猫。只只都体型较大，毛色亮丽，打理得很整洁，对人非常亲昵。它们都戴着项圈，上面写着名字，是谁家的猫一目了然，一看就知道深受主人宠爱。这些猫儿更自由自在，优哉游哉地走在街头。而且当我（用日语）招呼一声"过来"时，还真的走过来了。要问冰岛的猫与其他国家的猫有何不同，我觉得外观上似乎没有差别，然而性格却沉稳得多，对人的戒备心好像也很低。也许猫儿们在这北陲之地完成了某种内在的变化。总之对于爱猫者来说，这里无疑是个令人欢愉的地方。仅仅是漫步街头，就叫人心平气和。

5 冰岛的饮食

冰岛的主要产业是渔业。因而理所当然，鱼既新鲜又美味。这对日本旅行者来说是非常值得庆幸的事。去蒙古和土耳其旅行时，不管走到哪里都只有羊肉，这种状况令不爱吃肉的我垂头丧气。然而在冰岛，不管走到哪里都有鲜鱼，好过多了。走进餐厅，不必一一查看菜单，只消说一句"今天的鱼肉套餐"即可。通常就会上一道或是煮或是炸的白肉鱼，往往份大量足，吃起来很有满足感，配菜也很丰富。

冰岛是个各种物价都很高的地方，这样的套餐绝不便宜。午餐吃一份鲜鱼套餐，得花上两千日元左右，而且还是随处可见的那种普通小餐厅的价格。作为午餐来说可有点儿贵呀，我心想，好在味道不错。此外，无论哪家餐厅都会有一道"海鲜汤"，喝了它，身子便热乎乎地暖和起来。这是一道味道浓郁的汤，里面放了许多白肉鱼、鲑鱼、虾、鲜瑶柱和贻贝之类。这也甚合我意，所以经常吃。

不单单是菜肴，酒类价格也十分昂贵。在冰岛，酗酒许久以来都很成问题（大概应当归咎于冬季漫长而严酷吧），因此，禁酒制度推行了很久，被废止并没有多少时日。然而不知何故，唯独啤酒一直没解禁，直到二十世纪八十年代末，冰岛居然都不许饮用任何一种啤酒。当然，许多人其实都在自己家的储藏室里偷偷酿造和饮用，走私者则千方百计地将大量外国啤酒偷偷运进国内。比如说渔船上的船员们瞒过海关耳目，偷运回国。须知渔船数量众多，海岸线又长，干起来并不困难。所以禁酒制度那玩意儿历来就没发挥过效果。冰岛优秀的电影导演弗里德里克·弗里德里克松有一部极富魅力的电影，叫作《光影岁月》，描写二十世纪六十年代雷克雅未克的生活，其中便有一位靠走私啤酒大发横财、过着优雅生活、在左邻右舍中唯一拥有电视机的男人登场。影片主人公是个少年，帮他搬运啤酒箱挣点零花钱。然而倘若是走私威士忌之类，似乎就属于"不可触碰"的范围了，感觉既邪恶又强悍。相比之下，走私啤酒的印象则有点邋遢潦倒，满满的都是沉重感。

冰岛政府取消禁酒制度后，仍然通过征收高额关税来限制饮酒，以致酒类价格居高不下。在餐厅里喝上一点葡萄酒或啤酒，看到账单时就会悚然一惊。我觉得真要限制酒精摄取量，比起禁酒令，反倒是这种做法能发挥实实在在的效果。然而如果啤酒在日本也同样不合法，那该如何是好，我可是一头雾水。难不成只能亡命海外了？

6 寻找海鹦

说到冰岛的名产，就是海鹦了。您知道海鹦么？在日本也叫作花魁鸟。海鹦真是一种外观奇异的鸟儿，明明生活在北极附近，鸟喙却像南国的花卉一般色彩鲜艳，脚爪是橘黄色，根本没有一点北方的感觉。眼神似乎有点像阪神队（后转会乐天队）的星野总教练。它们到了春天便在海边断崖上集体筑巢，在巢穴中孵蛋育雏，秋天和冬天则飞翔在大海上，食鱼为生。蔬菜沙拉啊烤肉啊是断然不吃的，只吃鱼。据说它们一年中大约有七个月压根儿不上岸，就在海上过日子，像《海上钢琴师》似的。世界上有各种各样的鸟，但像这家伙一样一眼就能认出来的鸟儿，只怕绝无仅有了吧。总之十分醒目，一看就知道："哦，这是海鹦！"它们腹部雪白，脊背乌黑，这种地方倒跟企鹅相似。这是为了让鱼儿难以发现自己，并利用脊背吸收太阳热能的缘故。这种鸟方方面面都长得合乎道理。至于为什么鸟喙如此色彩鲜艳，就不知道了。

老实说，冰岛是夏季全世界聚集了最多海鹦的地方。何止是多，简直占据压倒性的比重，冰岛因而得名"世界海鹦之都"。其中尤以位于冰岛南岸的小群岛韦斯特曼群岛广为人知，因为岛上集结着为数众多的海鹦。据说有大约六百万只海鹦在此筑巢产卵。六百万哦！想想冰岛人口也只有三十万，这真是个惊人的数字。

于是我便寻思，既然跑到冰岛去，总得到那座岛上亲眼看看海鹦的真身不可，就打电话去当地询问："有没有海鹦？"谁知得到的答复竟然是："非常遗憾，繁殖期已经结束，海鹦都出海去啦。"八月的最后一周，海鹦似乎纷纷告别了聚居地，进入海上生活模式。实在遗憾。那时候，我还不知道海鹦是一到秋天就要出海去的。"呃呃，孩子们还是小不点儿呢，父母就出远门啦。"

孩子们？

海鹦的父母将孩子养育到一定的大小之后，就仿佛说着"接下来你们自己应付吧"似的,头也不回地飞到海上去了,留下身后一群尚不懂事的孩子。孩子们某天早上醒来,发现自己已经被父母遗弃,再也不会有人运送食物来了。它们静静地等待了许久,"还不开饭吗?"可是爸爸妈妈却怎么也不回家,肚子倒越来越饿。百般无奈,它们只能走出巢穴,在本能的引导下扇动翅膀,飞到大海上自己觅食。抓不到食物的小海鹦就这样一命呜呼了。真是极其简单的世界。倘若是人类,就不会这样了。如果被父母遗弃,哪怕碰巧保住了性命,这件事也会留下心灵创伤,恐怕要妨碍今后的人生。而直到昨天还在不辞辛劳、勤勤恳恳地为孩子们觅食的海鹦父母,突如其来地态度陡变,"从今以后就不关我事啦",从此销声匿迹不知所踪。如此冷静清醒的人生观中,似乎大有令人刮目相看的地方。

再怎么说是出于本能,成为弃儿的小海鹦也并非都能顺利飞往大海的方向。为数不少的小海鹦便犯了错,朝着正相反的小城方向飞来。城市里光线明亮,总显得更为热闹,似乎有什么好玩的事情。于是它们不知不觉便被吸引,飞了过来。这种心情连我也能理解。然而这并非正确的抉择。这群向往城市的小家伙摇摇摆摆地徘徊在夜间的街市上,不是遭遇汽车碾压,就是受到猫狗袭击,再不就是心里想着"肚子好饿呀,头晕眼花啊",就这么饿死了。见到这种迷途的小海鹦,城里的孩子们便手忙脚乱地把它们捡起来,放进纸板箱里带回家喂食,到了第二天早上再带到海岸边,乘风放飞。这样的做法已经成了习惯。而发起这种全城出动的"拯救迷途小海鹦战役",恰好就在九月初。

这样岂不有趣!于是我决定到那座岛上去看看。那座岛的名字叫赫马岛,是韦斯特曼群岛中唯一有人居住的地方,人口四千四百人,渔业十分发达。虽是一座小岛,但仅此一地的捕获量就占了冰岛全国渔获量的百分之十五。海鹦自然是被周围丰富的鱼类吸引,集结于此。在海鹦聚集期间,岛上因为来看海鹦的游客热闹非凡,但到了这个季节,便已然是空城一座了,酒店客房随时都能订到。从雷克雅未克近郊一座很小的机场(从前曾用作美军基地)乘坐一架陈旧的老式双引擎飞机,迎着风摇摇晃晃地飞向岛上。随着飞近小岛,风越刮越猛,最后摇晃得令人忐忑不安起来:"能不能安然着陆呀?"

总之风很猛烈。在岛上的飞机场降落后,走出建筑,外边刮着狂风,身体差点被吹得腾空而起。而且并非偶尔刮来一阵风,而是无休无止,嗖嗖地刮个不停。其中还夹杂着小雨。问问岛上的人,答道:一直都是这个样子哟。岛上云幕低垂,气候多变,频频落雨,海上波涛汹涌。海鹦比较喜欢这样的气候,尽管我不

拯救迷途小海鹦战役

太喜欢。

　　风吹了整整一夜，片刻未停。酒店的大门口竖立着各国国旗，被大风吹得哗哗作响，吵得人难以入眠。此刻竖起耳朵仔细听的话，甚至仍能听见那些旗子整夜哗哗作响的声音。"到了夜里十点钟，饥肠辘辘的小海鹦就会上街来。"酒店的人告诉我。然而风太大，又夹杂着雨，我只是走上街去瞅了一眼，便立刻作罢回了酒店。我感觉在这种地方深更半夜去寻找小海鹦，只怕还没救成它们，自己的身子就先垮了。于是乎，我们那天看到的，就只有港口附近的一具小海鹦尸体。小海鹦不像父母那样，完全没有鲜艳的色彩。请诸位想象一下普通海鹦的黑白版，那就是小海鹦了。说实话，变成了黑白两色后，让人有一种乏力感："咦，这就是海鹦？"不过，在弱小无力的孩提时代色彩就那般艳丽的话，难免过于招摇，成为食肉鸥或其他动物上好的美食，所以故意长成朴素的色调。随着逐渐长大，色彩便一点点地生出来，约莫一年时间身上就变得色彩鲜明。总之，那只黑白的小海鹦死在了港口码头边。死因不明，但身上没有伤痕，所以可能是饿死的。

　　这座小城里有家小小的自然博物馆，展示着生息于冰岛的各种动物标本和活鱼。每一样都是小型的展览，如果期待会有什么大胆的展示，那可要败兴而归了。不过氛围非常好。我去的时候没有其他客人，可以舒舒服服地慢慢观赏展品。一见之下显得十分普通的鱼，认真观察的话其实也很有趣。北极圈的鱼，仔细看去，奇怪的家伙居多。到底是一群喜欢（不知是否确切）在又暗又冷的海底晃来晃去的家伙，精神状态可能与南方的鱼很不一样。

馆长先生（号称馆长，其实馆员只有他一个人）待人亲切，而且好像十分清闲，问他一句，便热心地告诉我许许多多。我试着问道：还有小海鹦吗？他说："嗯，还有好多。眼下这里就救下来一只，你想摸摸看吗？"于是从里屋抱出一个纸箱，里面有一只小海鹦。我抱起它。在近处观察，它看上去非常可爱，乖巧得很，在怀里一动也不动。好像是饿坏了，馆长给它喂了几条小沙丁鱼，它狼吞虎咽地吃了下去。

"我打算明天早上就把这小家伙带到海边去，放掉它。"他说。这座岛上风很猛烈，呼啦一下抛向空中，它就能乘风飞去。风力大的话，这种时候倒很方便。

馆长说："东京葛西临海公园的水族馆开馆的时候，是从这个岛上把海鹦带过去的。所以那里的海鹦就是我们这座岛上的海鹦。当时我也接到邀请，去了日本，待了一个星期，还去过京都呢。嗯，非常开心。就是人太多了。"我也曾到临海公园的水族馆去玩过，可对海鹦却没什么印象。也许是有的吧……下次再去得好好看一看。

在返程的轮渡甲板上，我亲眼看到了孩子们放飞海鹦的场面。因为天气过于恶劣，那天的航班全部取消了（酒店的人说，这种事是家常便饭），无奈只得坐上轮渡，哼哧哼哧地返回了冰岛本土。然而拜其所赐，却得以见识了这番光景。一个跟着父亲乘上轮渡的男孩子，从带来的纸箱里拿出乌黑的小海鹦，一边说着"好乖好乖"一边抚摸它的脑袋，将它抛向夹杂着雨点的狂风中。小海鹦似乎有些惊慌失措，笨手笨脚地在空中翻飞片刻，很快就落到了海面上，漂浮在那里，转瞬之间便化作了一个小黑点，消失在波间浪谷。那只小海鹦大概能在那里坚强地活下去吧，而且到了来年春天，会再回到这座岛上吧。"加油啊！"我不禁冲着它喊出声来。

就这样，海鹦似乎成了这座小岛的吉祥物，同时对岛民来说，海鹦长期以来还发挥着珍贵的食物来源的作用。呃，岛上有数量非常庞大的海鹦，稍微吃掉一点点，也不会导致海鹦的灭绝。海鹦在面朝大海的悬崖上筑巢生活，只要拿着罗网走到悬崖边，就能轻而易举地捕获。在电影里看到过捕猎海鹦的场景，捕海鹦的大叔拿着罗网嗖嗖地舞动，转瞬之间海鹦们便被抓住了，真是令人惊异。

据说（因为没有亲眼看到，真实情形不甚清楚）当地人好像是把海鹦整只烤着吃的。不过在面向游客的餐厅里，完完整整地将一只鸟儿端上桌来，那刺激毕竟太强烈了，所以会烹制成看不出原形的菜式。我不吃鸟肉，但我太太吃了"当日海鹦特餐"，说是与鸡肉相比，滋味颇有野趣，或者说是异趣。味道可能与麻雀相似，所以烹饪时加了浓厚的酱汁。"不过，倒也不想再吃一回。"我太太说。她这个人对食物的好奇心远远强于一般人，不管是蛇、蚂蚁还是绿鬣蜥，只要写在菜单里，都要尝试一番，差不多每次都会说："倒也不想再吃一回。"但本地人也许会说："海鹦美味无比啊，好吃极啦！"因为味觉这东西是有地域性的。

7 前往斯奈菲尔半岛

从韦斯特曼群岛返回雷克雅未克，在那里租了一辆车，一路向北，直奔斯奈菲尔半岛。本来是想去更北边的真正的峡湾地带，遗憾的是没有足够的时间，便决定绕着这个位于西海岸中部的半岛兜一圈。

租车时，原本是想挑一辆稳健的四轮驱动车，打电话一问，价格贵得离谱，生性胆小的我立刻作罢，脱口而出："那么，卡罗拉就行了。"然而实际前往租车行一看，给我准备的却是更小的绿色大宇（韩国车），已经跑了不少距离，汽车悬架也有点晃晃荡荡，挡风玻璃大概被飞石击中过，上面有裂纹。可是据说"只有这一辆"，无奈只好开着它上路。没想到这辆大宇开顺手了竟相当轻快，舒适度也不像看上去那么糟糕，在未经铺修的道路上也轻捷自如、疾驰如飞，三天半行驶了大约一千公里，安然返回了雷克雅未克。不过在那么糟糕的道路上跑了一千公里，悬架注定变得（比当初）更摇摇欲坠了。空气过滤器的网眼只怕差点就要堵塞，飞石至少也有两千五百颗击中了车身。世上肯定有许许多多"我可不想干的行当"，在冰岛经营租车行毫无疑问是其中之一。

一旦离开雷克雅未克，路上跑的几乎全是四轮驱动车。三菱帕杰罗和丰田陆地巡洋舰占绝大多数。尤其是严冬季节，道路会结冰，这类重型车在实际生活中必不可缺。与东京那些慢条斯理驶过街头、车身上下没有一点污泥、簇新锃亮的重型车相比，使用方式大相径庭。幸亏这次道路还没到结冰的程度，尽管在一个个弯道上车尾夸张地打滑漂移，这辆轻型二轮驱动车还是安然无差开了回来。然而未经铺修的路限速居然是八十公里，真是个十分狂野的国度。要开出八十公里来可需要不少勇气，但大多数人都以更快的速度飞驰，我常常被人从后面超车。据一位在雷克雅未克遇到的英国编辑说，冰岛有一半开车的人总是酩酊大醉，另外一半边开车边打手机，而两件事都干的人也为数不少。不知这话是真是假，但许多情况的确让我信以为真。

对于打算在冰岛租车自驾游的观光客，我想奉上一句很现实的忠告。到了冰岛乡下，加油站几乎没有人，得自己一个人动手加油，而机器往往只接受信用卡，并且那操作极其复杂难懂。机器系统又各不相同，有的还根本没有英语标识。想找个人打听如何使用，却几乎没有人从旁路过。要知道这是一个闲散冷清的国度。所以我觉得，应该先做好准备，搞清楚如何加油之后再去旅行。要不然，很容易像我一样落得个汽车油箱里空空如也，呆立在无人加油站的油泵前走投无路的悲惨局面。顺便说一句，冰岛的汽油相当贵。

说到信用卡，我想起一件事：像冰岛人那般频繁使用信用卡的国民恐怕不多。一眼望去，在便利店买本杂志，买盒口香糖，付款时居然都要用信用卡。以我这种人的(或者说一般日本人的)感觉来看，就会想："这么点东西，干脆用现金支付得了。不就

37

是五百日元的事儿嘛。"但本地人似乎没有这种感觉，店员好像也觉得理所当然，笑眯眯地接过信用卡来处理。目睹这般光景，一开始我十分惊讶，但马上就习惯了，过了几天甚至不当一回事了。说不定信用卡也是，自从进入这片土地以来，便像其他动物一样，在孤立的环境中走过了一条特别的进化之路。想必是因为那种无忧无虑的风气吧。

　　冰岛的道路就算是曲意奉承，也很难说状态良好。干线公路当然都铺得很漂亮，但随着逐渐远离雷克雅未克，尚未铺修的碎石子路变得多起来。天气变幻无常，起雾时，就成了咫尺开外都难以看清的状态。（我记得）冰岛有句格言叫作："不满意天气？那就等个十五分钟！"天气变化就是如此急剧。再加上徘徊游荡的羊群时不时突然现身，所以开车时不能有丝毫松懈。总而言之羊的数量非常庞大，而且夏季里整个国家的羊都处于散养状态，经常会横穿公路。

　　我读过的书曾提到，在冰岛，羊与家庭成员一样备受呵护。当然最后是要被吃掉的，这么说是指羊活着的时候。据那本书上说，冰岛的农夫会给自己饲养的每一头羊都起个名字，在类似"羊账簿"的本子上一一记录，诸如"三四郎（右耳黑色，背上有云状斑点），圭子（下半身黑色，左眼有黑眼圈）……"之类，把自己家的羊一头一头分辨清楚。很多人都是独力饲养着数百头羊，在我看来那可是十分繁重的工作，但冰岛似乎有固有的冰岛时间，而在这冰岛时间中，记住三百头羊的模样和名字或许算不上太辛苦的事。驾车悠然行驶在冰岛遍布苔藓的辽阔荒野上，常常有种感觉涌上心头："那样一种人生只怕也不赖呢。"

冰岛几乎全境遍生苔藓。苔藓如此之多的国度大概再也找不出第二个了。虽然颜色要比日本的苔藓浅，形状也截然不同，不过那就是苔藓。岛上许多地方都是熔岩形成的荒野，凹凸不平，覆盖在深绿色的苔藓之下。大概有极易生长苔藓的水土吧。这些苔藓只是静静地存在于那里，望上去像是牢牢吸纳着北国亘古以来的沉默。而且冰川也多，还经常下雨，在这种遍布苔藓的旷野上，到处流淌着美丽的溪流，形成生气勃勃的白色瀑布。这是非常神秘的风景。这样的风景，肯定只有在冰岛才能看得到。

森林可以说压根儿就不存在。据说在冰岛还很贫穷的时代，人们为了得到取暖的木柴，将森林采伐得一干二净。冰岛原来生长的树木百分之九十九都被人砍掉了。当时的人们过着紧巴巴的日子，没有余裕去植树造林，在严酷的环境中生存下来就已竭尽全力。如今认识到这样行不通了，便开始在各地种树育林，然而这里不同于南国，树木生长缓慢，等它们长成郁郁葱葱的森林还需要很长时间，现如今，树木至多不过一人高。但就算没有大树，苍茫无际的熔岩台地被苔藓的绿意覆盖，苦寒之地的小花星星点点地绽放，那惹人怜爱的风姿也十分美丽。独自一人伫立在这样的风景之中，除了偶尔掠过耳畔的风声，抑或远处的潺潺流水声，几乎听不到任何声响，只有深邃而内省的静谧。在这种时刻，我们会觉得自己仿佛被带回了遥远的古代。对于这座岛而言，无人的沉默非常相配。冰岛的人们说，这座岛上充满了幽灵。即便真是如此，他们也一定是沉默无语的幽灵吧。

面对冰岛这样的自然，人们不能随心所欲地踏足其中。想离开公路去往某处，大多数情况下，得找到别人蹚出来的野径，小心翼翼地寻迹前进。如果随随便便、莽莽撞撞地踏入旷野，那里的苔藓和野生植物就会被踩死，恢复到原来的状态需要漫长悠久的时间。大家都规规矩矩地循着前人踩出来的小道，静静地走入自然之中，也没有人乱扔垃圾。冰岛的人就像这样，非常爱护植物。不管走进哪家餐厅，餐桌上都点缀着小小的花朵，但仔细一瞧，这些花都是人工制造的假花，而且还不是玫瑰、康乃馨之类的艳丽花朵，而是毫不起眼、不知其名的高山植物的仿制品。世界如此之大，但制造这般素淡的假花的国度，恐怕也只有冰岛了吧。习惯了倒也挺不错。在一个植物成了珍贵物品的国度里，人们不遗余力地享受自然之美，那份心情点点滴滴地沁入心脾。如果是寻常的国度，步入餐厅后，发现餐桌上的大小花瓶里插的竟是假花，恐怕会感到失望："什么呀，是假的嘛。"而冰岛难能可贵的假花反而会长留心间。

斯奈菲尔半岛是向西突出的狭长半岛，长一百公里，尖端有一座斯奈菲尔火山。这座火山被巍峨的冰川覆盖着，儒勒·凡尔纳在写《地心游记》时，便将这座海拔一千四百米的火山的火山口设定为谜境般的地底世界入口，来展开叙述。自然，实情并不是这样。然而，当我站在山脚下仰望这座神秘的山时——因为没有时间爬上去——居然觉得这个荒诞无稽的故事竟像确有其事，真是不可思议。话虽如此，斯奈菲尔半岛以气候恶劣而闻名，想一睹这座斯奈菲尔火山从山脚到山顶的全貌并非易事。晴空万里的日子里，可以看清山顶和雪白的冰川。然而这个地方几乎没有晴空万里的日子。我也十分遗憾，没能欣赏到它的全貌，只是仰望了一番那云遮雾罩的身姿。因此，天气恶劣时来这里旅行的观光客，都得准备好防水外套、防水靴、帽子和围巾。因为风很猛烈，雨伞几乎不起作用，总之得用不怕水的布料把身子裹好。

斯奈菲尔半岛最大的城镇叫斯蒂基斯霍尔米，可那里的人口也不过一千二百一十六人，其他地方就可想而知了，总之是个闲散冷清的去处。请想象一下临时设施撤除后的夏末海岸，氛围可能与之相近。前面也写到过，一到九月，观光季节宣告结束，不管住进哪家宾馆，房客都只有我们自己，至多再有一批客人罢了。餐厅也大多关门歇业，不由得想问："到底该去哪里吃饭呀？"但不要紧，不管哪座小镇上，都一定会有一家比萨饼店。我还担心呢：像这种人口只有两百来人的小镇，比萨饼店居然还能坚持下来，而且家家都生意兴隆。冰岛人可真爱吃比萨饼呀。于是，我们也无可奈何（因为没有其他选择），每每拿比萨饼当晚餐吃。啤酒加冰岛比萨饼，味道还非常不错。

斯奈菲尔半岛的天气惨不忍睹，但是风景却没有让我们失望。因为没有什么闻名遐迩的观光胜地，前来造访的旅行者也不太多，所以非常朴素，也没有商业化。南侧相对平坦的海岸线绵亘蜿蜒，海鸟众多，适合观察鸟类。北部沿岸有几处美得令人窒息的峡湾。远古时期由于冰川侵蚀形成的断崖，凄清寂静的入海口，红色屋顶的小教堂，一望无际的绿色苔藓，低垂天际、飞速驰流的形状鲜明的云，奇形怪状、沉默无言的巍峨群山，风中摇曳的柔软的草，如同标点符号般散布的羊群，烧毁坍塌的废屋（不知为何有这么多烧毁的房子），捆扎得结结实实、为过冬储存的干草。这些风景甚至连拍张照片都令人心怀忌惮，因为其中存在的美属于很难收进相机取景框的那一类。我们眼前的风景，是吸纳了那辽阔、那几乎是永恒的静寂、潮水深邃的香味、无遮无拦拂过地表的风、流淌于其中的独特时间性才得以成立的。其中的色彩自古以来一直饱受风吹雨打，才形成现在的模样，又随着气候的变幻、潮汐的涨落、太阳的移动时时刻刻发生变化。一旦被相机镜头剪切，或者被翻译成科学的色彩调配，它将变得与此刻呈现在眼前的东西截然不同。其间存在的类似心情的东西恐怕将荡然无存。所以我们唯有花上更长的时间，用自己的眼睛去欣赏它，将它镌刻在大脑里，然后装进记忆无常的抽屉，凭借自己的力量搬到某个地方。

8 遍地温泉

冰岛全境都有温泉涌出，数量之多甚至让人觉得不妨将温泉的蒸汽用作国旗图案。驱车出行，常常可以看到暖意融融地冒着白色雾气的小河。温泉自然地涌出，泉水就这么混入河水里奔流而去。在日本人看来，会觉得："哎呀，好可惜啊，多好的温泉！"然而冰岛到处都是温泉，谁都不以为意。停下车来，将手浸到那河水里一试，水热得惊人。其实很想脱掉衣服跳进河里泡一泡，可就在公路边上，这种事情可做不得。

冰岛人利用这温泉进行地热发电，严冬季节用热水供暖，还用它进行温室栽培。由于水温极高（有的甚至达到一百摄氏度），用管道输送到五十公里开外的城市去，温度也不会降低多少。在公路沿线时不时看到这样的管道。托它的福，不管是住进何等寒碜的旅店，房间里都是暖洋洋的，花洒里的热水也喷涌不停，真是值得庆幸。另外，因为地热发电，冰岛获得了极其清洁而廉价的能源。自己国内用不完，甚至还在考虑电力出口。

其次，因为利用温泉进行温室栽培，市场上的番茄和黄瓜十分丰富。本来是极难种植蔬菜的苦寒之地，在这一点上，温泉也为人们做出了巨大的贡献。虽然我没吃过，但听说冰岛产的香蕉也相当不错。还有，在冰岛，只要是个小镇（甚至根本算不上小镇的地方），都会配备很大的温水游泳池。这当然也是利用了温泉。我特别喜欢游泳，这可是天大的好事，简直是好事连连。

不过当然也有坏的一面，火山喷发和地震频繁发生。和日本一样，有温泉的地方，火山喷发与地震难免会形影相随。冰岛人总说："和日本不同，我们国家人口稀少，不至于有什么实际危害。"话虽如此，它们还是会给人们带来相当大的灾难。前面写过的因海鹦而闻名的赫马岛，曾在一九七三年遭遇火山大爆发。位于港口附近的埃尔德菲尔火山突然喷发，小镇的大部分地方都被熔岩淹没了。当时喷流出来的熔岩筑造出三平方公里的新土地，那里如今变成了徒步远足路线。时不时地，还能看到压在熔岩下面的房屋残片。跟冰岛人聊天时，他们对我说："三宅岛真是太令人同情了。"尽管相距遥远，三宅岛人的境遇大概还是让他们感同身受吧。我觉得火山之国的人们似乎有火山之国的共通心态般的东西。

最著名的温泉是距离雷克雅未克不到一小时车程的"蓝湖"，不是开玩笑，这里真的非常巨大。大得像小湖似的温泉里，人们身穿泳衣下水。四周的温泉水一眼望不到边。在冰岛洁净的天空下，淡蓝色的"湖面"上暖意融融，蒸腾起令人愉悦的雾气。这个温泉其实是近旁一座地热发电厂排放的"废水"。将海水输入熔岩底下加热，再用它来发电。用过的海水"就这么排放废弃，未免太可惜"，于是作为温泉再次利用。虽然不太清楚具体细节，但热水里形形色色的有机物一旦暴露在外面冰冷的空气中，就会变成稠化的有机物，形成独具一格的黏糊糊的热水。温度有三十七摄氏度，含盐量是百分之二点五，是个让人心旷神怡的温泉。据说含有对美容有益的成分，因此小卖店里还销售特制的化妆品之类。这儿可以游泳。用自由式认真地游，水有点热，不过很适合用蛙泳泳姿抬起脸舒舒服服地游。还有巨大的温泉瀑布，可以劈头盖脸地冲淋温泉。有一种修行方式叫"瀑布冲打"，而"温泉冲打"倒没怎么听说过。然而实际上试一试，暖乎乎的舒适得很，只是看来算不上修行。

问题是泡温泉的人太多。我去的时候，蓝湖里满是来自韩国的团体游客。周围传来的声音几乎全是韩语。大家都泡在温泉里，看来十分开心。那种欢闹劲儿甚至叫人怀疑，难不成韩国没有温泉么？此外，入浴费非常昂贵。不过是"工厂废水"而已，再便宜一点又何妨呢？我心想。但这里早已成为世界闻名的观光胜地，旅游大巴将游客成批成批地从雷克雅未克运过来，所以在经营上也相当强势。在我而言，朴素一点的"路边温泉"更合我意，但在现实中亲眼目睹如此巨大的温泉，也的确让人哑然失语。作为谈资，是个不妨前去一游的地方。不过，真的很大哦。

大得像湖泊的温泉

9 极光，和其余种种

在冰岛旅行，有几个发现。

当然也要看季节，不过，冰岛是个虫子极少的地方。至少在九月的前半个月里，我几乎没看到过虫子。唯独一次，在宾馆的浴室里看见过一只小蜘蛛，一副孤独无依的模样。倘若在平日，也不会把在浴室里见到一只蜘蛛当回事，然而只有那次，我毫无来由地感到亲切，很想嘱咐它一句："啊，你也要加油哦。"总之我觉得，不喜欢虫子的人与其前往婆罗洲，不如到冰岛来旅行。

无论走到冰岛的哪个地方，都装饰着大量的画。从私人家中到雷克雅未克的高级餐厅，甚至连乡下的廉价旅舍里，墙上都密密麻麻地挂着画，几乎不留一丝空隙。水彩画，版画，油画……每一件都出自本地艺术家之手。老实说，几乎看不到一件作品，能叫人情不自禁地脱口而出："这画太妙啦！"要说朴素倒也朴素，要说业余也足够业余，但也有不少让人沉下心来思考其存在意义的作品。我大抵可以想象得出，画画的人一定是乐滋滋地执笔描绘，挂画的人也是乐滋滋地往墙上挂。总而言之，冰岛似乎是个人口虽少而画家颇多的国度。对这个国家的人来说，唱唱歌（聚到一块儿就合唱）、作作诗、写写小说、拿笔作画这类事儿大概已经成了生活的一部分。人们或多或少都在从事某种艺术活动。从围绕着接收大量信息运转的日本赶来，这种到处都在向外发送信息的国家看起来非常新鲜，同时也显得有些不可思议。

冰岛人少言寡语。旅行途中，几乎从来没有人问过我："这位先生，你是从哪儿来的？"如果你问他们，他们会热情适度地告诉你，但是不太会主动来问你。大概就是这样的心态。

屋内屋外的清洁细致入微。和世界上所有的都市一样，街上有很多涂鸦，然而却不是乱涂乱抹，而是端端正正的艺术化的涂鸦。可能是因为木材昂贵吧，建筑材料多使用镀锌的铁皮。许多教堂也在外面蒙着一层镀锌铁皮。不知何故，我从来没看到过将头发梳成马尾的男人和走路时听随身听的人。点上一杯咖啡，几乎一定会加送巧克力。另外，头戴纽约洋基队棒球帽的人很多。电视上并不转播棒球比赛呀，这是为什么呢？

夜里十点钟左右，走在雷克雅未克的街头，我曾看到过鲜绿色的极光。我从来没想过竟然会在都市的正中央看到极光，所以亲眼目睹时十分震惊。由于没带相机，我只是茫然地仰望着那飘浮在天上的巨大绿丝带，久久不动。极光清晰可见，时时刻刻在变幻着形状。虽然美丽，却又不单单是美丽，似乎更具有某种灵性的意味，甚至像是这遍布着苔藓、沉默与精灵的神奇北方海岛灵魂的模样。

不一会儿，极光仿佛言辞混乱、意义模糊一般，徐徐地变淡，最终被吸入黑暗，消失不见。我在确认它已消失之后，返回温暖的宾馆房间内，连梦也没做一个，沉沉睡去。

〈追记〉

在我走访冰岛数年之后（二〇〇八年），冰岛遭遇了严重的经济危机，货币急剧贬值，人们的生活好像变得很艰苦。然而后来状况得到改善，现在似乎相当顺利了。

想吃美味的东西

俄勒冈州波特兰 · 缅因州波特兰

我将踏上旅程,去探访分别位于美国东西海岸的两个同名的城市。一个是西部俄勒冈州的波特兰,另一个是东部缅因州的波特兰。两地都如同名字显示的那样,是拥有古老历史的港湾城市,有着与港湾城市吻合的景致与风姿。城市的规模不大不小正合适,漫步街头,可以随处体味到大都市不具备的沉静而亲密的感觉。

然而除此之外,这两座城市还有彼此共通的要素,那便是餐厅的质量之高与数量之多。这两座城市近来由于提供水平极高的优质餐饮,迅速获得了业界的关注。一位闻名遐迩的纽约餐厅老板兼主厨在《纽约时报》的访谈中明确断言:"如今最不容忽视的,就是东西两个波特兰的餐厅动向。"

是什么东西将这两个朴素的地方城市——恕我失礼,毕竟位于离文化前沿多少有些距离的地方——推上了备受美国瞩目的"美食城市"宝座的呢?这是我很想了解的事情,但并非仅此一点。如果要将众多高品质的餐厅开下去，毋庸赘言，就必须有一个支撑它的顾客阶层存在。这些人是如何被吸引到这两座城市的呢？这也是耐人寻味的一点。首先去西边那个波特兰看看吧。

1 俄勒冈州波特兰

俄勒冈州波特兰的历史，与东部那座同名城市相比要年轻得多。一八五一年人口才不过八百二十一人，甚至连镇都称不上。然而这里拥有很深的水位，作为内陆的天然良港，以林业和渔业为中心扎扎实实地发展起来，并逐渐承担起了向人口稠密的加利福尼亚各个城市提供农产品的关键角色。

尽管如此，波特兰开创并发展独有的文化，却是近些年的事情。与电脑相关的高科技产业和运动产业不必非在大都市安营扎寨，因而在此处蓬勃发展（耐克的总部位于其郊外），给这座城市带来了崭新的活力。受过高等专业教育、收入丰厚的年轻一代中有主见的族群，开始移居这片地域。波特兰每年都跻身于"年轻一代喜爱居住的城市"榜单，并且名列前茅。这个族群追求高品质又低调的生活环境，在外就餐也成为生活方式的重要组成部

出身于法国诺曼底的"希思曼酒店"主厨做的菜肴

分。为回应居民的要求，干劲冲天的新一代大厨便云集到这座城市，一家又一家地开新的餐厅，比拼手艺。

走进波特兰那些引人注目的餐厅，人们首先感觉到的，是他们使用的食材鲜活水灵，品质极高。这一点，只怕纽约和洛杉矶的餐厅无论如何也无法效仿。所用的蔬菜鱼肉大半是近处所产、现采现做的时鲜。然而又不单单是新鲜，餐厅的经营者和主厨还亲自上阵，逐一仔细品味食材。他们大多和农家、牧场签订合同，只采用有机种植法生产的食材。能这样细致入微，不管怎么说，还是由于占了地利之便。

他们提供的菜肴有一个特征，就是基本上不做过度的加工。小心翼翼地不去破坏原来的滋味，坚持发挥食材与生俱来的天然力量，始终以这种方式烹制菜肴。传统美国菜中常见的那种拼命加料的调味法被摒除在外。这应该能得到口味相对清淡的日本游客的青睐。或者不如说，从这批新生代大厨的菜肴里，无疑可以看到日本料理的影响。不用说，这些餐厅之间的竞争极为白热化。每年都有许多新店在这座城市里诞生，然后又消失。为了吸引并留住有主见（换言之要求也高）的顾客，大厨们必须具备高度的创意和细腻的匠心，还得日复一日热情高涨地推陈出新才成。

在波特兰，感觉最合乎我意的，是位于下城区的希思曼酒店的餐厅。与我私交甚好的作家保罗·泰鲁将这家餐厅推荐给了我。保罗不愧是一位旅行作家，对各种场所知之甚详。"春树，你既然跑到波特兰去，就不能错过这家餐厅哟。"他强烈地推荐道。他果然是对的。新鲜的食材，丰富的想象力，用心设计的菜单，老字号独有的深奥调味，周到的服务，列出任何一点来，这家餐厅都不愧是一流，同时又毫不张扬。老板兼主厨菲利普·波拉特出身于法国诺曼底，闯荡过世界各地的一流餐厅，十三年前来到波特兰，这里新鲜丰富的食材，还有独具一格的自由风气，让他决定在这座城市里定居下来。然而据他说："我刚来时，这里的餐厅水准低得不像话。"这家店成为波特兰"美味革命"的牵引力之一，大概是无可置疑的。

"现在这个季节，这东西味道最好。"他推荐给我的是收获期据说仅有数周的当地名产"胡德山草莓"（胡德山也被称作"俄勒冈富士山"，即采自这座山的草莓）。菜单上有好几道用它制作的沙拉和甜点。我尝试了其中几种，草莓甘甜的滋味在口中慢慢扩散开来。这里的菜单就是这样尽情使用时令食材，因而每天更换（这座城市的餐厅几乎都不使用固定菜单，而是每天推出一套完全不重样的菜单）。"秋天，松茸可是想用多少就用多少。"菲利普说道。作为日本人,只是一一听他介绍使用松茸的菜肴,就忍不住垂涎三尺。另外,免费赠送的鹌鹑料理也是一道绝品。说实话,我这个人吃不来鹌鹑,原本打算尝一口就作罢,结果却一扫而光。顺便说一句,我也不是特别喜欢草莓,可还是……

此外令我钦佩不已的,是一家叫作"榛果"的位于城外的餐厅,那是一家去年刚刚开张的新店。我要了一份意式时令蔬菜烩饭当主食。这道佳肴简洁却精致。如果用人来比喻的话,仿佛是话虽不多,却能一语中的的智者。前菜则推荐黄油烤贻贝。比起贻贝,其实我更爱牡蛎,不过,本地现捕的一种叫作"Sweet Totem Inlet Mussel"的新鲜贻贝十分美味,令人开心得合不拢嘴。柔嫩至极,入口即化,而且分量还多,三个人吃都吃不完,价格还便宜得叫人难以置信。店家引以为豪的蟹肉饼,我认为也值得一试。

而且波特兰的葡萄酒得天独厚。俄勒冈的葡萄酒与著名的加利福尼亚纳帕葡萄酒相比,在日本的评价似乎还不算太高,但这里出产的黑比诺葡萄酒毫无疑问是一等妙品。喜爱葡萄酒的朋友不妨从市内驱车大约一小时,前往威拉米特河谷,来一场葡萄酒庄巡游。可以试饮各种葡萄酒,度过心满意足的一天。我是由居住在波特兰的熟人驾车作陪，度过了心旷神怡的半日时光。风景美丽，人们也悠然自在。尤为难得的是，还不像纳帕那样游人如织、拥挤不堪。

不单单是喜爱葡萄酒的朋友，对于偏爱啤酒的朋友来说，俄勒冈的波特兰也是个十分美妙的去处。为数众多的小啤酒作坊，就像日本的地方酒那样，在这座小城里一争高下。走进啤酒馆，只见长长的一排,全是带有本地啤酒商标的"水龙头"(形似把手，拧开便有生啤流出来),不禁会犹豫踌躇,不知道该从哪一种喝起。

另外（尤其）让我备感愉快的，是这座城市里汇聚了极富个性的书店和二手唱片行。因为波特兰有几家出色的教育机构，也有许多学生。如果你是个爱书人，大概可以在规模堪称全美第一的独立书店鲍威尔书店里，消磨半天幸福的时光。这家书店巨大无比，在店里甚至会迷路。旧书新书比肩而立，把排排书架挤得满满当当。我在这里找到几本看似有趣的书，买了下来。拿到收银台前，人家却说："呀，这不是村上先生吗？"这个那个地让我签名，一签就是五十来本。不过，店员看来都是非常爱书的人，我自己也在那里度过了一段愉快的时光。在二手唱片行里，也买到了一大堆珍贵的唱片。

距离波特兰稍稍有一段路程的市郊,坐落着耐克公司的总部。

提出申请后,我前去参观了一回。绿意盎然的广阔园区零零星星地散布着洁净的楼宇。就风景而言,与其说是一家企业,不如说倒像是一所大学。实际上人们当真把那里叫作"校园"(听到每一位耐克员工都把自己的公司叫作"校园",的确有点奇怪的感觉)。

"校园"里面体育设施应有尽有(或许是理所当然的事),大到篮球场,小到健身房,再到游泳池。而且员工可以在任何时间尽情使用这些设施,令人羡慕不已。环绕着宽广绿地的慢跑道也完美无缺。我获得特别许可,在这条跑道上跑了一回。跑道一圈长一点五公里,厚厚地铺满了锯末,非常养脚。它穿过森林越过山岗,在丰饶的自然之中向前延伸。空气很清新。我跑了两圈——其实还想继续跑下去的。途中还有个四百米一圈的椭圆赛道,可以在那里进行速度训练,真是周到之至。我觉得不妨断言:"这是世界上最美好的慢跑道。"

再回到波特兰城里去。

"以人口比例来说,波特兰是美国餐厅最多的城市。"本地人说,"而且人均阅读量也是第一。还有——这话不好大声说——这里也是上教堂的人数最少的城市。哈哈哈!"

有许多富有个性的二手唱片行

怎么样？你会不会喜欢上这样的城市？（这话也许不能大声说）我可是彻底喜欢上啦。不过，那样频繁地去餐厅，就不怕发胖吗？不要紧的，别担心。从市中心流过的威拉米特河畔，已经有一条美得超乎寻常的慢跑道啦。

2 缅因州波特兰

乘飞机横贯北美大陆，从西海岸的波特兰来到东海岸的波特兰。虽说在同一个国家，竟有三个小时的时差，而且两座城市的历史及发展轨迹的差异就更大了。缅因州的波特兰被英国人"发现"是一六〇〇年前后的事，相当于莎士比亚活跃的时期。以日本来说，则是关原之战的时候。

与得益于温和的海洋性气候的俄勒冈州不同，缅因州并非可以让开拓者轻轻松松地过上正常生活的易居之地。被冰川侵蚀的土地不适合农耕，冬季的气候超乎想象地寒冷，人们当初不得不过着与饥饿为邻的日子。凶悍的原住民屡屡攻击开拓地，而靠近加拿大国境的缅因州在与法国的战争中又成了血腥的最前线。移民到这里来的主要是苏格兰裔的爱尔兰人。他们在本国处境恶劣，怀着成为自耕农的梦想渡海来美,结果却得面对比本国更为严酷的生活。然而他们没有叫苦示弱。这种严酷的风土与历史锻造出了本地居民独立精神旺盛、坚忍不拔,但多少有些刚愎自用的气质。直至今日,缅因州的居民仍以(姑且用稳妥的说法来表达)"稍稍有些与众不同"而著称。换个说法,或许可以说是"相当乖僻"。

但即便是经年累月地将独特的风土和气质保持下来的缅因州,近年来似乎也发生了巨大的变化。美国的经济中心在这二十年间由制造业大幅转型为知识服务业,与之相伴,人们的生活方式也发生了变化。尤其是年轻一代,转而追求更为自由健康的生活环境。所以,人们涌向了缅因州,在这片波士顿富裕家庭夏日里才来造访的避暑地上寻觅安居之地。因为这里的生活成本相对低廉,可以轻松地买下宽敞的房子,犯罪率低,无须担心恐怖袭击(尤其是二〇〇一年的9·11恐怖袭击事件以来,这一点成了一大加分项),可以安心养育孩子,空气清新,食材又新鲜。于是以这样的新居民为顾客的餐厅,意气风发地在波特兰的闹市区一家接一家地开业。这些情况和西部的波特兰很相似。

走进餐厅,看到客人们如此年轻,场面如此热闹,气氛如此自在,首先为之一惊。男女人数几乎相同,个个都是白人。一望便知,他们十分享受这片土地上舒坦的生活。服务周到细腻,却又不同于大都会里的高级餐厅,没有紧绷绷的神经质之处,十分友好自在。不同于俄勒冈,这里不产葡萄酒,缅因州人引以为豪的是丰富得惊人的海产品,尤其是说起缅因州就必然一提的大龙虾。没品尝过刚刚出水的缅因大龙虾的话,万万不能离开这座城市——虽然还不至于如此夸张,但毕竟是远道而来,还是想见识见识与大龙虾相关的情况。从世界范围来看,大龙虾的捕获量长期处于减少趋势,然而据说在缅因州,捕获量目前还十分稳定,所以尽管敞开肚皮放心吃。到港口去的话,还可以把活蹦乱跳的龙虾带回家。

波特兰街头有为数众多的餐厅,平均得分也高,让人犹豫不决,不知该推荐哪家为好。我个人首先推荐一家位于市中心的Fore Street,名字也叫"Fore Street"的餐厅。只不过,如果没有事先仔细查找这家店的地址,是很难找上门去的。店门口没挂招牌,外观看上去也吃不准是不是餐厅。原本是由一座仓库改建而成,老实说,现在看上去仍旧像一座仓库。拉开门悄悄往里一看,方才明白:"啊,这里就是餐厅。"设计得精心讲究。然而当你在桌边坐下,拿起菜单,看到这里提供的非同寻常的菜肴,便能推断出这是一家年轻的高品质餐厅。送上桌来的菜肴充分满足了我们的期待。食材经过精心挑选,调味清爽可口,配菜也一丝不

还逛了缅因州波特兰的二手唱片行，
偶然买到了加农炮·安德烈珍贵的 LP《意犹未尽》

苟，与品质优良的便装十分相似，连葡萄酒也会不禁多喝上几杯。前菜我要了一份意式野蘑菇猫耳面（十美元），主菜则要了一份炖海鲜（十六美元）。这价钱让人不禁心生疑惑："这么便宜，当真没关系吗？"假如这家餐厅开在东京的话，我肯定会常常去造访的。

还有一家我想推荐，就是"Street and Company"。以前来到这里的时候，偶然在经过改造的仓库街上发现了这家餐厅。假如你来到波特兰，并且只有一次在外面就餐的机会，我大概会向你推荐这里。比"Fore Street"更加随意、热闹，但菜肴品质极高。在这里，通常会先点一份新鲜的鱼贝类烧烤，然后再来一份烤缅因大龙虾，十分过瘾，相当合算。我在这里用餐时，总是心悦诚服："啊啊，所谓让人开心的菜肴，说的就是这个啊。"因为装模作样地用餐实在累人。只不过店里很吵闹，或许不适合与恋人温柔安静地（或者说微妙地）谈心，更适合与几位朋友高谈阔论。这儿总是食客满席，必须提前订座。

对于希望在更雅致的氛围中与要好（或者说期望更加要好）的女士一起安安静静品尝美味的先生而言，雨果餐厅或许是个合适的去处。那是一家所谓的"新潮烹饪"餐厅，菜品精致，赏心悦目。限定为四道菜套餐，让客人从几种选项中自行挑选。在崇尚"随性而时髦"的波特兰，这样的做法非常少见，大概是对味道很有自信吧。我喜欢蔬菜，便点了"缅因州产的有机蔬菜天妇罗""红黄双色甜菜意式烩饭"和"烤舞菇与白蘑菇"，尽是蔬菜。全套菜肴都是蔬菜做的，却能让人吃不腻，好像难乎其难，然而我并没有感到腻味。烩饭的火候恰到好处，甜菜的处理也考究精妙。舞菇非常新鲜，餐刀哧溜一下便爽爽快快地切了进去，上面浇着一层起泡的黑松露酱汁。

每道菜都分量适中，味道清爽，叫人大快朵颐。要好的女士肯定也会深感满足，至于会不会变得更要好一些，那就不得而知了。价格是每人七十美金，与这座城市的其他餐厅相比略贵了点，但吃上一次一定会觉得物有所值。葡萄酒的价钱极其公道。店主兼主厨罗伯特·埃文斯提供这种套餐已经六年了，凭借那优雅细致的烹饪技术，将波特兰顶级餐厅的地位保持至今。

我住在波士顿时，时常驾车前往这座波特兰城，一个目的是去拜访家具匠人马尔格奈力的作坊，另一个则是去市内某家二手唱片行采购旧爵士乐唱片。店主鲍勃·瓦茨是个坚决不卖 CD 的顽固严谨的"LP 原教旨主义者"，这一点与我倒是投契。这天也是一边聊着天，一边不知不觉又买下了许多唱片。加农炮·安德烈的《意犹未尽》（蓝调之音）第一版，完美无缺，和新的一样，只要二十美元。怎么样，便宜吧？搞不清楚？已经不听LP了？是么，真抱歉。

马尔格奈力一个人住在距离波特兰一小时车程的山里，在自己家的作坊中孜孜不倦地打造着美丽的家具。缅因州还因出产高质量的木材而闻名。我委托他用纹样漂亮的枫树做过几样家具。他是个典型的缅因州人，顽固而直率，得花上很多时间才能知根知底，做出来的家具也同样是实心眼儿，越用越难以舍弃。那优质耐看的家具，每次看到都不禁令人着迷。

所以说，缅因州的波特兰是个好地方。从波士顿驱车前往得花费不少时间，然而值得一去。斯蒂芬·金的小说几乎都以缅因州这片土地为舞台，不过我一次也没有遭遇过危险，请大家尽管放心出行。

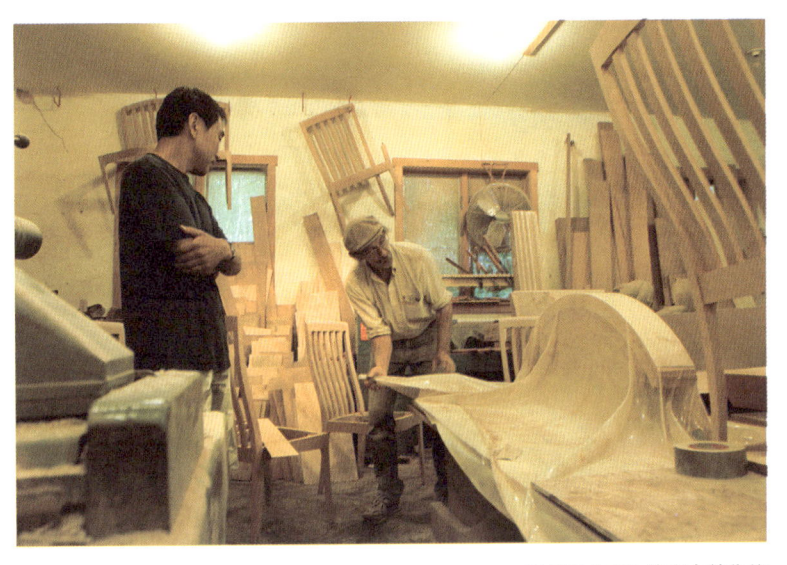

家具匠人马尔格奈力的作坊

两座令人怀念的小岛

米克诺斯岛·斯佩察岛

那是大约二十四年前的事了，我曾经先后住在希腊的两座岛上——斯佩察岛和米克诺斯岛。虽说是"住"，可前后加起来才不过三个来月，对我来说却是头一回体验"国外生活"，留下了非常深刻的印象。我把每天的经历记录在笔记本上，后来写进了一本名为《远方的鼓声》的旅行记中。

此后我也去过几次希腊，但再也没有去造访那两座岛，所以此行成了自那以来的"再度访问"。有个英文词儿叫"pilgrimage"（朝圣）。要是说到那个份上，或许稍稍有些夸大其词，其实是寻访自己在近四分之一世纪前留下的足迹，这说是令人眷念，也的确令人眷念。尤其是米克诺斯岛是我开始写《挪威的森林》的地方，在我心里自然有些特别的感觉。

一九八六年九月，我抵达罗马，在初秋那美丽的光景中度过了约莫一个月，然后去了雅典，从比雷埃夫斯港乘船赶赴斯佩察岛。正式旅居意大利之前,我想在希腊过上几个月。十月已经过半,希腊的观光季已告结束,正是干活干累了的希腊人开始收摊的时节,旅馆歇业,餐厅关门,特产店也闭店了。就算是希腊,到了这个时候,也照样冷得够呛。天气渐渐变得恶劣,阴天多了起来,冷风袭来,降雨频频。夏日里乘坐豪华客轮去阳光灿烂的爱琴海岛屿上玩的人,倘若得知深秋时节,这里竟会变成如此寂寥(有时甚至是阴郁)的地方,肯定要大惊失色。

为什么我们(我和我太太)偏要挑这种很难说是独具魅力的季节,到希腊的岛上去小住呢?首先是因为生活费便宜。当时的我们并没有余裕,在物价和房租高昂的旺季去希腊的岛上生活几个月。

还有一点是天候不佳的淡季小岛,正适合安安静静地工作。夏天的希腊稍稍有点过于喧嚣了。我当时厌倦了在日本工作(关于这一点,呃,有各种各样的理由,一言难尽),很想出走国外,逃离烦人的琐事,悄悄地集中精力工作。可能的话,再专心致志地写一部长篇小说。于是我决定离开日本,到欧洲去住上一段时间。

1 米克诺斯岛

这次同样选择了"不太起眼"的淡季去造访这座岛屿。选择大致相同的季节，大概更容易比较今昔，看看哪些东西变了，哪些东西没变。

去米克诺斯有直飞航班，是从德国搭乘喷气式飞机。这一点首先让我大吃一惊。从前要去米克诺斯，不是从雅典乘沙丁鱼罐头般飘飘摇摇的螺旋桨飞机，就是从比雷埃夫斯坐渡轮。因为岛上跑道短，喷气式飞机根本无法起降。只要风刮得稍微大一点，螺旋桨飞机也会马上停飞。连续三天刮大风的话（这并不少见），岛上就会挤满了进退两难的游客。然而如今新修了长跑道，众多游客既不用多费时间又不必担心滞留，可以从这座岛上直飞欧洲各地。方便固然方便了，却不免有一丝寂寞的感觉。不方便自然会给旅行带来麻烦，但其中又包含着某种喜悦——由繁琐带来的喜悦。

然而一旦抵达当地，米克诺斯再怎么说也是米克诺斯。尽管德拉克马变成了欧元，尽管螺旋桨飞机变成了喷气式飞机，尽管网吧和星巴克出现在各处，那里照样是美丽的海滨小镇，砂糖点心般的白色房屋比肩接踵，迷宫般的道路错综复杂。绝不会看走眼,就是那个米克诺斯。

不过,米克诺斯作为观光地确实升级换代了。由于喷气式飞机正式启用,而且好景气持续已久,应该有更多的人到这里来旅游,宾馆增加了,时髦的小店也多了起来。城市简直像水位上升一般,一点点地漫上周围的山坡,扩张开来。从前曾经一无所有的原野,如今出现了许多成排的崭新房屋。尽管小店大多准备进入休业状态了,可到街上走上几步就一目了然:"啊,自那以来,这里发生了很大的变化呀。"

话虽如此,如今也罢往昔也罢,岛屿安身立命的根本并没有变化。那就是观光业——除此之外既无资源也无产业值得一提。从春到夏的旅游旺季里,人们忙于工作,一到秋天便关门歇业,休养生息。再不就是怀揣着现金,赶回故乡家人的身边。他们再次回来开始工作,要等到明年的复活节假期前后了。年复一年,周而复始。半年埋头忙碌,余下的半年悠闲度日,或者从事别的活动。

所以从秋天到冬天,来到此地的人们眼中看到的,说来就是像舞台后方般寂寥的米克诺斯。风力强劲,天气寒冷,天空常常阴云密布。大海焦躁地掀起细细的白浪。当然不能游泳。房屋大门紧闭,唯有檐前快乐的招牌在无言地暗示着旺季时的繁华。不过,这样也挺不错,至少能得到宁静。

我们曾经住过的"米克诺斯公寓",如今已经不再给游客提供长期租房业务,变成了普通的住宅楼。紧靠近旁建起了一座豪华的高级度假酒店,这次我们就投宿在那里。这是一座体贴入微的时尚酒店,有游泳池,房间里甚至还有气泡浴缸,自助早餐也很丰盛,大概投入了不少钱。从前的米克诺斯是没有这么豪华时尚的酒店的。

米克诺斯公寓当时的管理员、与我交情甚好的范吉利斯,现在已经不在那里了。那时他就说:"我已经年纪一大把啦,就盼着赶快退休,回家享清福去了。"他不在那儿也在我预料之中。我用拙劣的希腊语问接替他的大婶:"范吉利斯最近怎么样?"回答竟是:"范吉利斯五年前就去世了。"我还暗自期待说不定能见到他呢,真是遗憾,只能为他祈祷冥福。从前一看见我在喝乌佐酒(希腊的烈性酒),他就要提意见说:"喂喂,春树啊,那玩意儿可不能喝,脑子要喝坏的。连我都不喝呢。"据他说,假如是苏格兰威士忌的话就可以。我倒觉得好像没什么大的差别。

"可以进去看一眼吗?我从前在这里住过一段日子。"我这么问管理员大婶。"行呀,你尽管看好啦。"她答道。

当时我居住的房间,从外面望去还和从前一样,丝毫没有改变。十九号房。白砂浆的墙壁,涂成蓝色的柱子。在那里,我写下了《挪威的森林》最初的几章。还记得那时奇冷无比。十二月圣诞节前的几天,房间里只有一个小小的电暖炉。我穿着厚毛衣,一边写稿一边瑟瑟发抖。当时还没有使用文字处理机,我是用圆珠笔在大学笔记簿上吭哧吭哧地写。窗外是凄凉的原野,乱石遍地,一小群羊在那里默默地吃草。在我看来那草并不怎么美味,羊儿们却似乎吃得心满意足。

写累了,就停下笔,抬起脸,呆呆地望着那些羊。玻璃窗外的那番景象,至今仍记忆犹新。沿着墙壁长着大株夹竹桃,还有橄榄树。从窗前望去的原野一如既往地凄凉,不知何故却没有看到羊儿。

当时我从早晨开始,整个白天都在写小说,到了傍晚便出去散步,顺便逛街,到酒吧去随便喝杯葡萄酒或者啤酒。专心致志地工作之后,需要这样换换心情,所以我去过各种酒吧。"米克诺斯酒吧""索马斯酒吧",还有几家想不起名字来的。这些酒吧里,常常聚集着定居在米克诺斯的外国人(非希腊人),低声细语地谈天说地。这种季节在米克诺斯逗留的日本人也只有我自己了,相当稀奇。在米克诺斯酒吧里工作的女孩,一笑就会露出非常迷人的皱纹。我以她的形象——其实是她那皱纹的模样——为底本，刻画出了《挪威的森林》里的玲子这个人物。

米克诺斯酒吧过去是个寂寥冷清、平淡无奇的小酒吧，如今却堂而皇之地挂出了"米克诺斯著名酒吧""岛上最老的酒吧"这样的招牌，看来是在不知不觉间变成了一家传奇酒吧。虽然我感觉不到有什么足以成为传奇、值得大书特书的要素，但没准是四分之一个世纪的岁月赋予了这家酒吧某种特别的资格。我本想亲眼确认一番，然而开业时间比从前推迟了，于是十分遗憾，没能成功拜访。

一家从前常去的名叫"费利佩"的餐厅（冬天也开门营业）也碰巧赶上放假一周，没能如愿重访。想补充营养时，我经常来这里吃牛排。餐桌上铺着雪白的台布，在当时的米克诺斯大概要算高级餐厅了，味道也不赖。我还记得吃晚饭时经常停电。当时的米克诺斯供电情况不太好，停电屡见不鲜。正用着晚餐呢，毫无预告，灯光啪的一下就熄灭了。也不知如今是否有所改善。

这次在米克诺斯几乎没有遇到日本人。在岛上看到的东方人，大多是来自中国的观光客，时不时地还有一些韩国人。从前在这里几乎没见过中国人，让人深深感到时代真是变了。说起来有些唠叨了——二十四年过去了，种种事情都会有巨大改变的。当时的日本正处于泡沫经济的鼎盛期,那也是我离开日本的理由之一。举国上下都处于焦躁状态,这种状况让我有些厌烦。那就像是每天从早到晚都有马蜂在耳畔嗡嗡地飞来飞去。但事到如今,就连这种事情,回忆起来也多少有些令人怀念的感觉。当然,假如问我是否想再次回到那种状态,答案肯定是No。

尽管斗转星移,港口的风景却与从前无异。漫步海滨,走进咖啡馆喝杯咖啡,然后无所事事地眺望海港。那里的鹈鹕与海鸥、猫儿与狗儿都不争不斗,和平共处。那些拎着购物袋来来往往的佐巴式的希腊人,现在照旧挺着又大又圆的肚子。肥胖问题在这里好像还没有成为话题。穿着黑衣的未亡人闷闷不乐地紧闭着嘴唇,脑袋上裹着头巾,双手提着购物袋蹒跚前行。表情凶悍的中年女子从二楼窗口探出身子,朝路上的行人大声怒吼着什么。有位老人不知是在钓什么鱼,耐心地将鱼竿久久垂在海面。他的眼睛习惯了永不厌倦地注视着大海。久而久之,一个人就有了这种染上大海颜色的孤独的眼球。这样的海港风景与从前相比没有丝毫变化……不对,还是有不一样的地方。我冥思苦想。与从前相比有很大的不同,可到底是哪儿不同呢?

是啦!咖啡好喝得几乎认不出来了。从前希腊的咖啡馆里,只有稠乎乎的希腊式咖啡,要不就是粉乎乎的速溶咖啡(名副其

开始写《挪威的森林》的米克诺斯公寓

实就叫"雀巢咖啡")一类的玩意儿,味道都相当糟糕。然而如今却可以喝到美味的——或者至少是货真价实的咖啡了。这当然是个很好的变化。遥想从前,为了喝上一杯像样点的咖啡,我们曾经不得不大费周章。大概是希腊人的生活整体上变得富裕起来了。

2 斯佩察岛

从米克诺斯同样搭乘喷气式飞机飞回雅典,然后再从比雷埃夫斯港坐高速船前往斯佩察岛。由于斯佩察岛上没有机场,只能乘船前往。渡船所需的时间大约是三个小时。这儿的渡船有两种,一种是叫作"飞天海豚"的小型水翼艇,还有一种是叫作"飞天猫"的大型双体船。虽然"海豚"所需的时间短一些,但如果是担心晕船的人,我劝您还是乘坐"飞天猫"。波高浪急的情形比较多见,这时候水翼船就近乎拷问的程度了。我坐"海豚"就吃过好几次苦头。

斯佩察是个几乎与伯罗奔尼撒半岛连为一体的小岛,与希腊本土之间只隔着拼搏一下就能游过去的距离。乘坐小型水翼艇很容易就能往来于两岸。如果是日本人，只怕会架起一座桥来，然而希腊人大概不会这样思考问题。既然是岛，就让它永远是一座岛，姑且不论方不方便，那样做恐怕才自然。

斯佩察岛在希腊的岛屿中罕见地绿意葱茏。远远望去一目了然，几乎所有的山丘都掩映在树木之下，多数是松林。大概是因为这个缘故，希腊人喜爱来这里度假。包围在林木的深绿之中，来自雅典那种大城市的人们一定会感到心旷神怡。就连自白墙之城米克诺斯而来的我，也有心旷神怡的感觉，仿佛四周满满都是丰富的臭氧。顺带一提，对于希腊人来说，所谓奢侈的豪宅并非大量使用高级大理石的房子，而是使用许多天然木材的。大理石在希腊才真叫多得都来不及扔掉。

所以，这座岛上有许多住在雅典的希腊人拥有的避暑别墅。虽然有很多来自外国的旅行者与观光客，但夏季一过，就几乎完全变回了希腊人的岛屿。与从前相比，店铺数量有了惊人的增加，但这种地方却与从前无异。这次我们进去吃饭的餐厅也是，坐在餐桌前的客人几乎都是携家带口或者成双成对的希腊人，也有像是参加完追悼会回家途中的一家老小，还有一群人拍着手在高声唱歌。到处都洋溢着和睦的气氛，与日本的乡村景象并没有太大的区别。

猫咪也与从前一样，岛上随处可见。不过与从前相比，我觉得猫咪全都变干净了。过去遍地都是伤痕累累、缺了半边耳朵的肮脏野猫在游来荡去，如今几乎看不到那样的猫了，反而有很多毛色好得惊人的美丽猫咪在街头昂首阔步。看来猫儿们的生活环境改善了很多。

希腊的人们似乎不太区分自己家的猫与外边的野猫，经常看到他们在街头一视同仁地给猫喂食的光景。在我的印象中，居民们好像是在共同照看附近的猫咪。如果是在日本，常常能见到写着"请不要给野猫喂食"的牌子；而在希腊，大家都抢着喂猫，居民与猫咪似乎是极为自然地"共生共处"。假如真是这样，那么猫咪们的生活环境改善了，岂不意味着人们的生活环境也提高了？总而言之，走在路上，黏人的猫咪就会凑到脚边来，陪人嬉戏一会儿。对于像我这样爱猫的人来说，这儿简直是乐园一般的地方。

日暮时分，我们到"帕特拉里斯小店"去喝希腊特产热茜娜葡萄酒，吃 Marisa（炸小鱼）和鲜鱼做的菜。

帕特拉里斯小店是我从前住在岛上时常常光顾的一家本地小菜馆，所谓的"普萨利塔贝尔纳"（海鲜菜馆），面朝着大海，从我住的地方走过去大约五分钟的距离。因为稍稍偏离中心地带，

岛上随处可见与人亲近的猫儿

所以几乎没有游客光顾，是个本地大叔聚在一起畅饮廉价酒的邻家小店。一如店名所示，小店由帕特拉里斯兄弟经营，基本上不说英语，菜单也全部用希腊文写就。店主神情寡淡，菜肴也是，该说是朴实无华还是随心所欲呢，总之相当冷漠乏味，价格却很便宜。造访那家小店时，几乎不曾有过大受欢迎的印象。倒不像是不耐烦的样子，然而一次也没见到"欢迎光临"的脸色。与之相应，我们也从来没有付过小费。就是这种类型的小店。这大概就是帕特拉里斯兄弟的性格吧。

不过这家帕特拉里斯小店如今改由"新帕特拉里斯兄弟"经营了。好像是老帕特拉里斯兄弟中某一位的儿子们。我没有详细打听过其中的关系，不过在厨房里工作的那些人，好像也是跟这个家族有关的。大伙儿其乐融融地忙忙碌碌。老帕特拉里斯兄弟大约已经退隐了（我并没有因此感到悲哀）。店面扩大了，变得干净了，菜单也面目一新，菜品大大增加。崭新的餐具上印上了店里的标志，菜单上面甚至还印了网址。年轻的帕特拉里斯兄弟和蔼可亲，满脸微笑，待客友善，而且又积极热情，还能说英语，至少——不知这么说是否恰当——穿着干净的衬衫。

我环视变得窗明几净的店内，很有些茫然不解："这真的是那家帕特拉里斯小店吗？"最终，我们对这家新生的"帕特拉里斯小店"十分中意。跟从前一样，Marisa（炸小鱼）仍然写在菜单上，并且一样美味可口。一道道菜肴分量十足，这一点也没变。价格合理（或者该说是相当便宜），而且食材还新鲜。如果客人点了一道鱼，店家就会把客人领进厨房，把鱼拿给他们看，请他们自行挑选，再当着客人的面烹制。坐在店堂里，听着静静的涛声，享用着洒上柠檬汁和橄榄油的鲜鱼菜肴，当然会感到满心的幸福。我们连续两天都在这家店里吃晚饭，非常心满意足。只不过上来的热茜娜葡萄酒，好像还是从前的更有一种冲鼻的独特风味。我倒是很喜欢那种土头土脑的风味。

这家餐馆隔壁有一家"阿纳尔季罗斯杂货店"，是这个地区唯一的杂货食品店。我们在那里买了各种日用品，从矿泉水到面巾纸。店主阿纳尔季罗斯是一位稳重的中年男子，几乎不会讲英语，和我用简单的希腊语慢慢交谈。同他交谈，我学会的单词每天一点一点地增加。他是个好心人，矿泉水里浮着绿苔时，他会阴沉着脸，说着"哦？不好意思"，给我换一瓶新的。不过我觉得，密封的矿泉水里要长出绿苔来，得花上好长时间呢。

没见到那位阿纳尔季罗斯先生的身影，一位大概是他太太的人在看店（当然与从前相比要老多了）。我从她那儿买了一瓶矿泉水，当然没长绿苔。至于阿纳尔季罗斯先生近况如何，就不得而知了。

距离帕特拉里斯和阿纳尔季罗斯的店铺约莫五分钟路程的地方，应该就是我当年住过的房子了，但不管走了多少圈都找不到。上岛之前，我心想毕竟住过一个月呢，肯定一下子就能找出来，心里没当回事。然而人的记忆这玩意儿是靠不住的。附近人家变了模样当然也是原因。"就是这条路！"我心里想道，可是走来走去，却看不到我要找的房子。一条徐缓的坡道，爬上去就是山了，拐角处的人家有一棵高大的九重葛，开着美丽的花朵，两层楼，带着壁炉伸出的烟囱……我苦苦搜索着记忆，但无论怎么找，也找不到"那座"房屋。

无奈，只得走回阿纳尔季罗斯杂货店打听："这附近有没有一位达穆迪洛普罗斯先生的家？"依稀记得头一回来这里时，也在这儿问了相同的问题。店里有几个年轻人，其中一个会说英语（年轻人大多会说英语），帮阿纳尔季罗斯夫人回答道：

"达穆迪洛普罗斯，这在希腊是个很常见的姓氏。"他说，"这不，我就叫达穆迪洛普罗斯呀。"（众人大笑。）

"是个雅典人，好多年前在这一带有一座避暑别墅的达穆迪洛普罗斯先生。"

"哦，那样的话就只有一位啦。在这附近吗？"

斯佩察岛上曾经居住过一个月的房子

"步行大概五分钟。"

"那好，请跟我来。我领你去。"

就这样，他一直把我送到了达穆迪洛普罗斯家，真是一个和蔼热情的好心人。

"就是这儿。"他对我说。这是一幢白墙环绕的小巧的两层楼，四周的风景也与记忆中不一样，我困惑不已："是这个样子吗？"然而说起叫达穆迪洛普罗斯的人，附近一带也只有这一家了。如此一想，便觉得或许就是这样一座房子。人的记忆这玩意儿真是靠不住。正打算敲门打听一下，可是百叶窗闭得紧紧的。因为是避暑别墅，到了十月就已经人去楼空了。

"几年前改建过一次，弄不好跟从前不太一样了。"那位青年告诉我。我道谢后，这位叫达穆迪洛普罗斯的青年微笑着挥挥手，回阿纳尔季罗斯杂货店去了。岛上的人们（差不多所有人）都热心友善。这一点与旧时无异。虽然二十四年过去了，虽然货币改变了，虽然周围的风景变样了，虽然经济涨涨跌跌，但人们内心深处似乎并没有变化。这让我感到心安，因为不管怎么说，人心对于那片土地来说都是最重要的东西。

"这大概就是我们住过的房子吧。"于是我站在那扇门前，请摄影师冈村先生为我拍了张照片。重访此地的纪念照。到底是不是这座房子，我没有百分之百的确信，但感觉就是这样的房子，不就足够了吗？又不是在做严谨精确的学术调查。

好长一段时间，我在房子四周漫无目的地徘徊，有一搭没一搭地追忆着往事。附近同样也有许多猫咪。可爱的小猫试图用脑袋蹭路过的老太太的脚背，却被轻轻地一脚踢开，似乎是嫌烦。虽说是老太太，可人家也忙着呢。所以我便取而代之，走过去抚摸了它一会儿。那是一只非常亲人的漂亮小猫，我甚至想就这样把它带回日本去。拐角处那座开着美丽的九重葛的房子，最终也没有找到。

第二天上午，我散步来到小镇南侧的老港。去港口，慢慢走大概需要十五分钟。我记忆中的老港，是一个优哉游哉、似乎被岁月遗忘了的闲适去处。还记得在入海口前方的海面上，触礁的旧货船那锈蚀的船体坦露在柔和的阳光下。似乎谁也不打算将那艘无用的货船搬走，它就像一件物体艺术品，安详而意味深长地镇守在那里。那是一个美丽而古老的入海口，人影稀少，温柔地包围在倦怠与静谧之中。那儿有一座古旧的大修道院，白色的钟楼与墙壁灿然炫目。岬角前端有座被松林环绕的无人灯塔。灯塔外围着栅栏，一只神气的山羊守在里面，用执拗的眼神睥睨着四周。这幅寂静的光景铭刻在我的脑海中。

然而此次重访，却看见许多船和游艇停泊在港口内，比预想的要多。周围还伫立着许多餐厅和咖啡馆。人们来来往往，周边显得十分繁华。这让我惊奇不已。这单纯是因为我记忆有误呢，还是季节上的小小错位，抑或是岛屿本身获得了长足的发展？我不得而知。话虽如此，老港依然是个十分悠闲的港口，是个适合午前散步的去处。坐在咖啡馆里喝着咖啡，心无所思地聆听着游艇桅杆在风中发出咔嗒咔嗒的声响，眺望着海鸥，眺望着行色匆匆的过客，时间便在不知不觉中悄然流逝。

爬上岬角前端的小山丘看了看。灯塔周围的风景一如记忆中那般模样。比如围绕着白色灯塔的绿色松林，从松林中穿过的土路。不过灯塔的栅栏里没有山羊。来自海上的风儿拂过，树下杂草摇曳，松枝在头顶上沙沙作响，声音轻柔。凝神望去，只见海面上船来船往，形状各异，有渔船、游艇，也有轮渡。那上面有来自远方的人们的生计营为。天上薄薄地蒙着一层连绵不断的灰云。海面上掀起层层白浪。雷蒙德·钱德勒曾在哪里写过一个句子，"像灯塔一般孤独"，然而这座灯塔看上去并不是那般孤独，不过一看便颇为沉静。像灯塔一般沉默。

从制造一成不变的老式渔船的造船厂里，传来咚咚咚的木槌声。那是让人不禁心生眷念的声音。节奏规律的声音戛然而止，稍隔片刻又响了起来。这种地方毫无变化。听着那木槌声,我的心又回到了二十四年前。当时我是一个三十五六岁的作家,刚刚写完一本名为《世界尽头与冷酷仙境》的小说,正在考虑动手写下一部作品《挪威的森林》。大致属于"青年作家"那一类。老实说,我至今仍觉得自己好像是个"青年作家",但当然没这回事啦。时过境迁,我的年龄理所当然地随之增长。不管怎么说,这都是一个难以逃避的过程。然而我坐在灯塔的草坪上,侧耳倾听周围世界的声音时,便觉得自己的心情从那以来似乎没有发生过变化。或许应该说,只是没能顺利地成长而已。

重访斯佩察岛,唯一令我失望的是汽车出乎意料地增加了许多。当年我们住在岛上时,除了应急车辆之外,岛上几乎没有汽车,甚至连出租车也没有,运送行李时只好使用马车。轮渡停靠的港口(新港)随时会有几驾敞篷马车在等候。现在那里也有几驾马车,不过好像主要是给游客坐的,当地的人更多的是很现实地乘坐出租车。与德国相同的梅赛德斯 E 级出租车。摩托车的数量也大大增加了,那引擎声总而言之十分刺耳。这无疑会给岛上的旅游业带来相当大的负面影响。这座岛并不算大,我觉得完全可以禁止摩托车,大家不妨都改骑自行车。自行车又安静,又益于健康。然而不论男女老少,岛上的人们似乎都热爱摩托车,伴随着刺耳的轰鸣声东驰西骋,吵得人心烦,哪里还谈得上什么羁旅情怀。如果没有摩托车和汽车,这座海岛真是一个绝佳的去处。

假如我是一个像奥纳西斯先生那样的大富翁,我就会买上许多辆电动自行车,分发给岛民们。我心中暗想。我要告诉他们:"别骑摩托啦,请骑这个吧。"如此一来,既不会有噪音,又不会有汽油味儿,空气也不会污染。反正又不用骑很长的距离,大概也不会有充电带来的不便。然而这种事情是做不到的(理所当然),所以人们像敲打铁盆一般发出夸张的排气声,骑着本田或川崎摩托风驰电掣。在雅典遇到的人们告诉我:"斯佩察的路上还没有跑汽车呢,安安静静的,是个好地方。"看来这个信息有误。还没有跑汽车的,是近旁的伊德拉岛。

不过斯佩察的海还是一如既往地美丽。值得庆幸的是,这种地方尚未改变。海水透明无垠,清澈见底。那是唯有在这里才能看到的、让人没来由地感到心安的大海。海的颜色与爱琴海的深蓝又有些不一样。走过几座希腊的海岛就会明白,每一座岛上,海的颜色看上去都有所不同。

对斯佩察岛而言有个值得庆幸的消息,就是高级宾馆"波斯多尼亚大酒店"又浴火重生了。那是一家古老而豪华的酒店,位于海港近旁，曾经风靡一时。来自整个欧洲的贵族和名流造访此岛时，都投宿于这家酒店。然而久经风雨，这座海岛日渐萧条，导致酒店无法维持经营，长期休业。当年我们生活在这里时，它已经破败不堪，几乎成了废墟一般。那身姿看上去就像曾经非常美丽，但现在年老色衰、患了痛风的贵妇。如今经过大幅改建，从去年起又作为豪华酒店重新开业了，并设有高级法国餐厅、雅致的SPA，看样子大概有大规模的资金投入。这次很遗憾没能住在那里，仅仅见识了一番大堂，看上去的确是一家漂亮舒适的酒店。只可惜十月即将过半，大门口和大堂内人影寥寥，寂静无声。向前台的女子一打听，她说："到了本周末就开始放假了。要恢复营业，得等到明年四月。"想必在旺季里会呈现出一派优雅的兴隆景象吧。很想在那样繁华的日子里再来这座海岛探访一次。回想起来，我总是在淡季来到这座岛上，简直就像专门选择卸妆的时间去拜访女性一般……

我投宿的叫"阿尔玛塔"的小巧的精品酒店（这种类型的酒店从前是没有的）也一样，据说我们是这一季最后的房客，员工们差不多开始准备歇业了。此外连一个客人也没有。游泳池里的水抽干了，帆布折叠椅子收了起来，遮阳伞已经叠整齐，餐具也收拾完毕。前台殷勤热心的青年（看来是家族企业）声称"你们是最后的来宾",赠送给我们一瓶上等红葡萄酒,是科林斯近郊产的葡萄酒,千恩万谢地收了下来(后来一喝,非常美味)。到了下周,这座岛上大半的餐厅和酒店只怕都要关门歇业了吧。夏季里来这座岛上打工的许多人都将撤回本土,于是海岛会变得万籁俱寂。遗憾的是,唯独摩托的排气声好像不会消失。

告别海岛——不管那是怎样的岛——不知为何总是让人依依难舍。如果是斯佩察那样充满了亲切而温暖的记忆的海岛,就更是如此。跨过在波浪中摇晃不定的舷梯走上渡船,坐在塑料座椅上,然后耳畔响起引擎声。渡船缓缓地掉头,船首对准海面,慢慢地驶出码头。站在码头上送行的人们的身影渐渐远去。一只黑狗立在码头前端,伸出红色的舌头,久久地守望着远远离去的船影。那也许是这只狗的习惯,也许它是一只非得目送船儿离去不可的狗。反正隐隐约约就是有那么一种习惯的氛围。不过狗儿很快看不见了。人们挥手的身影也看不见了。

街市越来越小,山脉变成了一条淡淡的遥远的轮廓。没过多久,海岛也被水面上漂浮的形状不定的烟霭静静地吞没。无论怎样凝目注视,余下的也只有海平线了。甚至连那座海岛作为实体存在于那里的事,也变得捉摸不定起来。就连长年生活于斯的人们的身姿，存在于斯的绿色松林和老造船厂，海滨热情好客的海鲜餐厅，重新装修过的豪华酒店，伸出舌头为渡船送行的狗，现在都仿佛不再是现实的存在了。

下次造访这座岛屿又将是何时呢？不，或许此生再也不会重游这里了。当然，前往某地时顺便一游这种事，大概是不可能发生在海岛上的。我们要么下定决心重游这座岛，要么再也不会来了。非此即彼，没有中间选择。

三小时后轮船抵达比雷埃夫斯港。我肩扛着行李，脚踏着坚实的大地，又回归到日常的延长线上，回归到我自身所属的原来的时间性之中——总有一天必须回归的那个场所。

〈追记〉

在我那次访问希腊后不久，所谓的"希腊危机"变得严重起来。虽然从我所见的情况看来，并没有那样的苗头。总而言之，我祈祷希腊的人们能重新过上幸福舒适的生活。

假如真有时光机

纽约的爵士俱乐部

假如真有时光机，有人告诉你可以随意使用一次——仅此一次，你想做什么？恐怕会有很多愿望吧。不过我的回答在很久以前就明确地定下来了。我想飞到一九五四年的纽约（这基本上是个愚蠢的问题，时光机会飞吗），在那里的爵士俱乐部中尽情尽兴地听一场克利福德·布朗与马克斯·罗奇五重奏的现场演奏。这就是我目前的愿望。

也许会有人说，当真这样就行了？你就不想亲眼看一看金字塔的建造现场啦，马拉松战役啦，大化改新啦，希特勒发动的慕尼黑暴动这类历史事件吗？当然，这类事件也十分诱人，不过我这个人天生没什么欲求，没有如此恢宏的愿望。欣赏一场克利福德·布朗与马克斯·罗奇五重奏的现场演奏便足矣。他们的五重奏品质极高，然而克利福德·布朗因交通事故猝然离世，乐团登台演奏的时期短得令人难以置信。所以我觉得很值得专门穿越时空前去听一听。想着"啊，真是不虚此行"，再心满意足地回到现代。

查理·帕克和比莉·荷莉黛的现场表演，我当然也很想听，不过这些人因为深染毒瘾，表演水平起伏不定，又经常迟到和爽约，弄不好就变成"看倒是去看了，可是直到最后也没有人上台表演，喝了一肚子啤酒回来啦"。要知道那时光机只能用一次，要是有这种遭遇，可就惨不忍睹了。因此，我更愿意选择认真而清白，以"一期一会、全力投球"为座右铭的克利福德·布朗的演奏会。假如哪位先生有时光机的话，拜托一定要告诉村上一声。

当然，不像我这样执着于克利福德·布朗的话，要光顾纽约的爵士俱乐部，也并非一桩太难的事情。极为理所当然地买张飞机票，理所当然地坐上飞机，理所当然地在肯尼迪机场下飞机即可，就是这么简单。假如没有时光机的话，也不必被从前的荣光所束缚了，就尽情地享受此时此地的美好事物吧！在全世界任何一个地方，这大概都是正常的市民健全的想法。

只不过这种情况下，最大的敌人再怎么说都是时差。从日本乘飞机飞往东海岸，正当演奏会进入佳境的晚上十点左右，偏偏就是最昏昏欲睡的"魔鬼时间"。我也十分惭愧，有过好几次在演奏中酣然入梦的经历。八十年代初，去听非常喜欢的歌手马克·墨菲的演唱会,可是我喝了一杯啤酒便舒坦地睡着了,几乎想不起他究竟唱了些什么。如今回忆起来仍然觉得很遗憾。那倒是一家小巧玲珑、感觉很棒的地下爵士俱乐部。在"蓝调之音"听迪兹·吉莱斯皮乐队的演唱会时(遗憾的是迪兹在这场演唱会后不久便溘然长逝了),我因为住在美国,倒是清醒得很,可四周的日本来客大半都在呼呼大睡。爱开玩笑的迪兹在桌子边转来转去,在日本人耳边大声吹喇叭,吵醒他们。"日本人特意跑到纽约的爵士俱乐部睡觉来啦!"他乐呵呵地开玩笑。我也惶恐不已地笑了。不过那时差带来的困意,没有体验过的人是理解不了的。顺便问一句,时光机会不会有时差呢?会不会晕车呢?这种事儿越想越糊涂了。

这次探访纽约爵士俱乐部的目的之一,是去"前卫村"拜访店主洛林·戈登女士。洛林女士在爵士世界里可是一位传说级的人物。从少女时代开始,她就是狂热的爵士乐迷,先是在一九四二年同蓝调之音唱片公司的创始人阿尔弗雷德·莱昂结婚,为这家刚创立不久的唱片公司的发展做出了贡献。跟他因故离婚后(世上好像还没有无故离婚的人),又与爵士俱乐部"前卫村"的老板麦克斯·戈登结婚。然后在戈登去世之后,全凭女人的一双手操持着这家富于传统的爵士俱乐部。

她在数年前出版了一部叫作《活在前卫村》的著作,讲述她波澜壮阔的前半生。我赶紧找来这本书读了一遍,有趣极了,因而非常盼望拜访洛林女士一次。要知道,那可是在"蓝调之音唱片"和"前卫村"这两个爵士乐史上伟大的图腾中,同核心人物有深入交往的人啊。她的故事不可能不好玩。加上她为人好恶分明,敢说敢道、直言不讳,读起来非常畅快。当然这次也有顺便(不妨这么说)去以"前卫村"为首的几家纽约爵士俱乐部,在爵士乐里尽情地泡上几天的意思。

"前卫村"名副其实,是位于格林尼治村的老牌爵士俱乐部。自从一九三五年麦克斯·戈登在这里举办第一次演奏会以来,竟然不间断地在同一幢大楼的同一层地下室里坚持营业七十六年!一开始还表演民谣和喜剧,自五十年代中期以来就成了专门演奏爵士乐的俱乐部。延伸到人行道上的雨篷和霓虹灯招牌是这家店的标志。

纽约城里有众多爵士俱乐部,但像这样经年累月也不搬迁,在同一个场所经营至今的,再也没有第二家了。店铺本身几乎就像是"世界遗产",单单是走进去在椅子上坐一坐,就仿佛被无声无息地吞进了历史之中,变得心情肃穆。

传说中的"前卫村"

"不过，麻烦接连不断，简直糟透了。"洛林说道，"要知道这栋楼是将近一百年前建造的，又是漏雨又是爆水管，消防署还要来抱怨，真不知道接下去还会冒出啥毛病来呢。"我去店里拜访那天正赶上下暴雨，她一面说着，一面为漏雨伤透脑筋。

的确，这栋楼很旧，几乎可以说是接近危楼的程度了。家具摆设也绝对称不上豪华，菜单上只有少数几样饮料，根本不提供吃食。然而在这家店里听过演奏会的人，一定会为它出类拔萃的音响而震惊。天花板和墙壁上凹凸不平，地板也不规则地弯弯曲曲、奇形怪状，和那种成心使坏修出来的高尔夫球道颇有几分相似。第一次见到时，我还担心来着：这样奇形怪状，能不能好好地欣赏音乐啊？然而亲耳听到传来的乐音，一下子就心悦诚服了："嗯嗯，是啊是啊，这就是爵士的声音！"听上去就像是货真价实的爵士乐音渗进了店里的每一个角落，与乐器的演奏声鲜活地产生共鸣一般。

正因如此，迄今为止在这家店里录下过无数精彩至极的现场演奏录音，比如桑尼·罗林斯、比尔·埃文斯、约翰·柯川、加农炮·安德烈等人。这句话可能是重复前言：纽约城里有众多爵士俱乐部，然而年深日久地吸收了如此之多的音乐，在墙壁和天花板上仍然鲜明地铭记着它们的店，除了"前卫村"之外，便再也没有第二家了。

　　让什么样的音乐人来演出，至今仍然由洛林女士决定。几乎是家族经营，女儿女婿都帮忙操持。表演者的演出酬劳不论有名无名一律相同。哪怕是温顿·马萨利斯来演出，也不能支付高额演出费。场地并不算大，又几乎不会根据演出者的名气调整门票价格，因此想多付些演出费也付不起。不知道是没打算做生意呢，还是态度冷淡，在送上一杯最低消费的饮料后，就几乎再也不来搭理客人了。但是许多音乐人宁愿演出费低一些，也希望到"前卫村"来登台表演（据说温顿·马萨利斯也是其中之一）。我觉得，总之这才是爵士，总之这才是纽约，而且毋庸置疑，这才是"前卫村"。或许应该称之为"传统的力量"吧。走进这家店，一面喝着苏打威士忌一面等着演奏会开场，差点儿就觉得自己是乘坐时光机来到这里的。

　　亨利·基辛格造访这家店时，站在门口的洛林女士不动声色地说道："本店门票二十美金，饮料最低消费十美金。不接受信用卡也不接受支票。可以吗？"这段逸闻非常有名。基辛格老老实实地从皮夹里拿出现金来，付了款。总之这是一家顽固不化的老店。洛林女士在二十世纪六十年代曾经脱离爵士乐，投入反战运动，甚至还去过河内，一定是跟基辛格不太投缘吧。

我到"前卫村"去听了两晚演奏会，由一位叫阿娜特·科恩的以色列女萨克斯（黑管）演奏家率领的科恩三兄妹六重奏乐队非常精彩。三兄妹以三把管乐器坚实布阵，近似所谓的"新主流派"乐队。节奏组则由纽约本地的音乐人担任。毕竟是兄妹，配合十分默契。我对坐在入口处桌边的洛林女士（她永远坐在同一个位置）说："好棒的乐队。"她答道："是呀。就是有点吵。"看来有点吵的音乐似乎非她所好。不过这位阿娜特·科恩是她现在青睐的年轻音乐人之一，还说，"明天晚上她将用黑管演奏向贝尼·古德曼致敬的曲目，这可是个好节目哟。"她已经八十五六岁了，仍旧拥有自己的鉴赏力和独特的喜好，不论对谁——恐怕对客人也是——都没有让步的打算。

此外我还在中城的"鸟园"听了一场才子歌手库特·艾灵的现场演唱会。他让厄尼·瓦茨担纲约翰·柯川的演奏，演唱了约翰·柯川的《叙事曲》这张专辑的全部曲目，节目编排得巧妙得体、魅力十足。现场欣赏库特·艾灵的歌还是头一回，但我彻底喜欢上了这个人。他扎扎实实地继承了前面说过的马克·墨菲，或是约翰·亨德里格斯这些技巧派男歌手的传统，既有技巧，编曲也很洒脱。联袂出演的厄尼·瓦茨也摆脱了"融合爵士"时代的印象，

查看今晚的演出讯息

卖力演奏。回到日本后，恰好发售与这天演出的内容一模一样的CD。

幕间休息时，艾灵还特意来到我的桌边，笑嘻嘻地对我说："村上先生，我读了好多本你的书呢。"我说着"谢谢"和他握手。他给人的感觉很好，是一位充满智慧的人。

"鸟园"当然也是一家历史悠久、非常有名的俱乐部（由此上溯六十年，最初那家俱乐部开张当天，查理·帕克的乐队就登台表演了），后来曾经多次搬迁，经营模式也不断改变。与"古色古香"，或者说是顽固地坚守往昔氛围的"前卫村"形成对照，"鸟园"更接近配备了最新设备的夜总会。店内清洁宽敞，提供美味菜肴，还规规矩矩地前来询问是否要续杯，服务也很到位。也许最适合带女伴来这里，享受一下纽约的夜生活。而且这里价格合理，演奏品质也不容挑剔，爵士乐响彻全场。这家店也值得推荐。

在上城中央公园西侧，哥伦比亚大学附近，有一家比较时尚、小巧玲珑的爵士俱乐部"烟"，我在这里听了一场由资深钢琴家拉里·威廉姆斯率领的三重奏。鼓手是比利·哈特（令人怀念啊）。演出的乐手似乎大多住在附近，可能是出于这个原因，演奏上多少有点东道主式的悠闲。这种地方也正是纽约占有地利的优势所在。

这里原来叫作"奥吉的爵士酒吧",本是一家馥郁醇厚,深受行家里手钟爱的店,却在一九九八年关门大吉,其后由如今的老板接手,将店名改作了"烟"。这家店离黑人聚居的哈莱姆区较近,或许是因为这个缘故,多少有些黑乎乎的,反正似乎飘漾着一种"南方式"的淳朴氛围。与格林尼治区及苏荷区一带的爵士俱乐部感觉略有不同。音乐人与观众席之间的交流似乎更为自然。这种地方可能更多的是继承了原先那家店的风格。若想独自一人飘然而至,一边举杯啜饮威士忌,一边像邻人一般欣赏现场演奏的爵士乐,这家店也许最合适了。餐饮菜单也相当丰富。

"前卫村""鸟园""烟",在纽约停留的四天里,我每晚都到这几家店痛痛快快地听爵士演奏会。白天则逛爵士唱片行,寻找LP。还有什么地方能找到这样至高无上的幸福呢?

不过还是那句话,该怎么说呢,如果哪位先生有时光机的话,还请告诉我一声。

拜访西贝柳斯和考里斯马基

芬兰

说起芬兰，您首先会想到什么呢？我心里浮现的，按照顺序排列下来，是这样的：

1. 阿基·考里斯马基的电影

2. 西贝柳斯的音乐

3. 姆明

4. 诺基亚和玛丽马克[①]

阿基·考里斯马基的电影我一部不落全都看过，西贝柳斯的交响乐全集我有五个版本（我个人最喜欢第五版）。我常用姆明马克杯喝咖啡，诺基亚手机也前前后后用了约莫五年。如此说来，我或许可以算一个相当痴迷芬兰的人。虽然以往并没有意识到，但仔细想想，就算被人家这么说也无计可施。

好啦，这事儿姑且不提，我又到暌违已久的芬兰去了一趟。

[①] Marimekko，芬兰知名的个人时尚和家居用品公司。

这次是八月初去的，尽管如此，我还是老老实实地准备了外衣和羊毛衫。因为上次（那已经是四分之一个世纪前的事了，是在一九八六年）去赫尔辛基时，才不过九月初，就冷得让我吃足了苦头。大清早，我一如既往地独自出门去跑步，跑着跑着便渐渐沥沥地下起了雨，像雨夹雪一样阴冷。我心想这可不妙，得赶快回到宾馆去，然而却迷了路，更糟糕的是偏偏还想不起入住的宾馆叫什么名字。这个这个，叫啥名字来着？身子冰凉，寒意渐生，想问路也没办法问，差点儿就要哭出声来了。呃呃，历尽千辛万苦总算找了回去。

由于那惨痛的记忆还留在脑海里，所以尽管是盛夏之际，我还是把自己裹了个严严实实。不过这一次，芬兰的天气总的说来还算安稳平和。只有一天，夜里让人感到寒气逼人，不过既没有感冒，也没有遭到性格乖僻的驼鹿袭击，被抢走午饭钱。我满心幸福地度过了在芬兰的日子，然后返回日本。

当然，也不是说事事顺心如意。"在旅行中要是事事都一帆风顺的话，就不叫旅行了。"这就是我的哲学（似的东西）。我到赫尔辛基市内由考里斯马基两兄弟（阿基和米卡）经营的著名酒吧"咖啡莫斯科"去看过，在那里甚至连一杯饮料都没点上。作为考里斯马基的影迷，那可是我早就琢磨无论如何都要去拜访一

在考里斯马基两兄弟经营的"咖啡莫斯科",
一对有考里斯马基风格的情侣

次的酒吧。从幽暗、花哨的诸多六十年代风格的装潢,到贴在自动点唱机表面的偏执的曲目单,一切都漂亮地由考里斯马基式的趣味构成。听说这家酒吧的基本经营方针就是"冷冰冰的服务,温乎乎的啤酒"。嗯嗯,果然别具一格。

据说考里斯马基除了这家酒吧外,还经营酒店,不过目前好像处于歇业状态。没准那家酒店的经营方针就是"硬邦邦的床铺,懒洋洋的服务"呢。果真如此的话,还想来住上一宿的回头客只怕不太多。

七点左右,我走进这家"咖啡莫斯科",坐在椅子上,静静地等待有人来招呼客人,然而根本没见到貌似店员的人露面。我在那里坚持了大约四十分钟,结果什么事也没发生。店内还有一对客人,他们俩正坐在吧台前喝啤酒。所以不久前这里应该有店员出现过,好歹还端上了啤酒——且不管是冰爽的还是温乎乎的,运气好的话说不定连瓶盖都会帮客人打开呢。可是这会儿却没人。我试着问了问那两人:"店员不在吗?"回答是:"啊,刚才还在呀。到哪儿去了呢?我们不清楚,但一时半会儿大概不会回来吧。这家店就是这种做派。"

这两个人,一个是看上去三十出头的芬兰男子,一个是二十岁刚过、有点性感的爱沙尼亚姑娘,洋溢着切切实实,却满满的都是预谋的气氛。这类顾客阶层也大有考里斯马基的风格。即便说他们俩就是"内部装修的一部分",也丝毫没有别扭的感觉。

结果等到最后,也不见有店员回来,我连温乎乎的啤酒都没喝上,就告别了"咖啡莫斯科"。要说遗憾当然也遗憾,不过,呃,这种剧情发展倒也颇有考里斯马基的风格,这样似乎也不错。出门时,我在墙上挂的演员马蒂·佩龙帕(我是他的影迷)的遗像下拍了一张纪念照片。为佩龙帕先生祈求冥福。

顺便说说,我跟这对客人在等待店员回来期间,用英语聊起了福岛的核电站事故。据说芬兰有五座核电站。因为芬兰的国土差不多都是平原,无法利用水力发电,只能指望核能发电。在遥远的北方无人居住的旷野上挖很深很深的坑,将核废料丢弃在那里,严严实实地密封起来。然而,要等它变得无害,得花上约莫十万年时间。"可是,日本并没有这种无人居住的旷野。"我说,"唉,烦人的事儿太多啦。"说到这里无言以继,便分手告别了。关于核能发电的问题,他们并没有给出划时代的建言,也没有有用的忠告。本来就不是能得到这类教诲的对象,所以也无可奈何。

这是关于西贝柳斯的故事。

我走访了西贝柳斯度过大半生的著名山庄"艾诺拉山庄"。

这座山庄位于距离赫尔辛基四十公里左右的一处叫耶尔文佩的田园地带。说到西贝柳斯，好像感觉他是一位很久以前的大作曲家。其实就在不久之前，他还活在世上呢（话虽如此，那也是一九五七年之前了），就在这栋房子里生活过五十三年。西贝柳斯死后，他的家人还在这里住了一段时间。所以与其说这栋房子是"历史遗产"，不如说它给人的感觉更像是一栋"保存良好的熟人家的老宅子"。

西贝柳斯直到以九十二岁高龄辞世，都没有在这座屋子里安装自来水管。并不是因为没有钱装水管，而是因为施工噪音太大，影响作曲，他才断然拒绝："什么自来水，我不需要！有口水井就足够了。从前我们不就是这么活下来的吗？"他就是这么一个神经质的人。拜他所赐，全家老少都得跑到屋外的厕所去方便。在寒冬腊月的芬兰，一趟趟地跑到屋外去上厕所肯定是一大难事。当然半夜里恐怕是使用马桶之类，但那肯定也不是什么让人心旷神怡的玩意儿。西贝柳斯去世之后，留下来的家人做的第一件事，就是为艾诺拉山庄安装自来水管。这种心情完全可以理解。

西贝柳斯有妻子与五个女儿，我心里胡乱揣测，她们恐怕会议论纷纷："哎呀，这下咱们家总算有抽水马桶用了。老爹过世当然是万分遗憾，但说实话，也有种如释重负的感觉。""哎呀，老爹这个人太乖僻了。""对对对，不过，我还是觉得心里难受。"大概很像小津安二郎电影中的某个场景。

实际上，晚年的西贝柳斯似乎变得非常内向，不易相处，越来越回避与外界的交往。我们现在造访艾诺拉山庄，在房屋内部所看到的，是拥有丰富感性的艺术家在自然中极为简朴的——也许不妨说是质朴的——生活状况。说到当时这里的娱乐，最多也不过是音乐、读书与造园罢了。可是有了这些，或许就足够了。人生奢侈的标准因人而异。西贝柳斯一家似乎对造园格外情有独钟，在身后留下了美丽的庭院与菜园（的余韵）。

艾诺拉山庄格外引人注目之处，是在稍微远离主屋的地方建的气派的桑拿房。就像许多芬兰人一样，西贝柳斯似乎也对桑拿有近乎偏执的热情。参观过这座桑拿房，再看看西贝柳斯的照片与雕像（不知何故总是一副不易相处的神情），觉得对这位作曲家生出了前所未有的亲近感。因为我会没来由地想象他置身于桑拿房的雾气中，一副笑逐颜开的模样："啊啊，太舒服了！"没准儿他还会用鼻音哼唱《芬兰颂》呢。

西贝柳斯的家人在他死后继续生活在这座艾诺拉山庄里。一九六九年夫人艾诺去世后，芬兰政府从他的遗属手中买下了这栋房屋，改作了西贝柳斯纪念馆。艾诺拉山庄里——进去一看就会明白——原模原样、细致周到地保存着西贝柳斯在世时的器物，从餐具、熨斗、电话机、厨具到床，全都维持着原来的样子，对外展示出来。因此不单是西贝柳斯这位音乐家，我们还可以清清楚楚地看到当时的芬兰人过着怎样一种日常生活，非常有趣。

在艾诺拉山庄里，完好地保存着西贝柳斯作曲时用的斯坦威三角大钢琴，至今仍然会在音乐会上弹奏（艾诺拉山庄定期举行小型音乐会）。据说这台乐器是他五十岁生日那天众位友人馈赠的贺礼。而此前他一直使用一台很旧的立式钢琴作曲。这并非因为他喜欢立式钢琴，而是没有经济上的余裕去买三角大钢琴。几位朋友便议论道："像西贝公这样的世界级大作曲家居然没有一架三角大钢琴，这简直是芬兰的耻辱嘛。"（遣词用字完全是我自己的想象），于是他们筹集资金，买了一架崭新的三角大钢琴送给了西贝柳斯。据说西贝公十分开心。

说到西贝公……不不，西贝柳斯的五十岁诞辰，应该是一九一五年的事儿，那时他已经写到了第五交响乐，被公认为国家级的伟人，《芬兰颂》和小提琴协奏曲在世界各地被热心地演奏着。可为什么他竟然会如此困窘呢？我向艾诺拉山庄的女馆长西露卡·赫尔米内打听过，回答是：当时的芬兰实质上还处在俄国的统治之下，版税制度还没有得到执行，许多作品被以极低的价格卖掉，他并没有得到多少版税。因此他长期债台高筑，为了挣点生活费，哪怕有心想"写一部交响乐"，也不得不写些钢琴或小提琴小品卖掉换钱。好心酸啊。不过，那些钢琴和小提琴小品中也有不少非常精妙的作品。

顺便一提，芬兰正式成为独立国家，是在一九一七年，俄国十月革命之后。而西贝柳斯就成了新生的芬兰的脸面一样的人物。

请允许我聊聊私人话题。在芬兰，迄今为止已经翻译出版了我的四部作品。我觉得机不可失，便和出版社联系了一下，于是就变成了："哎呀，你跑到芬兰来啦，一起吃个饭吧。"在赫尔辛基港附近一家雅致的餐厅里，与那家出版社的四个人共进午餐。在座的有一位董事，一位编辑，一位业务员（这三位都是女性），一位译者（男性）。进餐时，我问道："生意怎么样？"得到的回答是："许多读者在芬兰文译本问世之前就已经看过英译本了，翻译出版事业在这里很艰难啊。"年轻人都像这样能自如地运用英语，而且阅读瑞典文图书的人也很多。然而他们对芬兰语满怀自豪，因此有一种使命感：要尽可能地翻译出版更多的芬兰文作品。真是让人放心的想法，加油干哦。

老实说，芬兰语得到广泛使用是近些年的事儿。直至十九世纪，瑞典语一直被当作芬兰的官方语言，因为整个芬兰都处于瑞典的文化统治之下。直到现在芬兰仍然是双母语国家，芬兰语和瑞典语都是官方语言。不过在当年，芬兰语一般被认为是没什么教养的乡下人才用的语言。然而自从芬兰被俄国统治之后，伴随着民族主义的勃兴，芬兰语作为芬兰人的共同语言，作为民族认同的象征逐渐拥有了力量。经常有人指出，芬兰语的语言结构多少异于其他西欧语言，与日语有相似的要素。

如此说来，我充满怀念地回想起了从前（那是二十世纪八十年代中期）在纽约与约翰·欧文见面时，他曾经欣欣然地告诉我："我有好几本书被译成了芬兰语，在那个只有五百万人口的小国家哦。"当然，作品在人口众多的国家被翻译出版非常可喜（因为销量可期），但是被翻译成人口稀少的国家的文字，对作家来说也是足以自豪的事情，会在私人层面上对那个国家产生温馨的亲密之感。

这些姑且不论，走到世界上任何一个地方，倘若遇上出版社的人，问他："生意如何呀？"都绝不可能得到这样的答案："哎呀，赚钱赚得手都发软呢！"大多是面色阴沉、牢骚满腹："这个，书不好卖啊……"芬兰在这方面也一样。尽管不是核能发电、地球变暖那样沉重的问题，但是书年复一年滞销好像也是全世界共同的烦恼之源。话说，我们的地球将来会变成什么样子呢……

地球的未来暂且不谈，芬兰人夏天度假的方式倒是非常优雅。负责我作品的编辑也在七月休了约莫四个星期的假，据说上周刚刚回来上班。话题一旦从图书销量转到度假，大家的脸色就立刻变得明朗起来。许多赫尔辛基市民都在郊外拥有避暑别墅，一到夏天便请长假，远离都市，在大自然中优哉游哉地怡情养性。到湖里游泳，去山间漫步，晒日光浴，蒸桑拿流汗。总之相对于国土面积来说，人口十分稀少，空间上游刃有余。一边声称"经济不景气呀……"，一边却过着颇有余裕的生活，真不错啊。呃，或许也与冬天太长，得趁夏天让皮肤尽情吸收阳光有关。

我对赫尔辛基市民在什么样的地方度过长假很感兴趣，便租了辆车，驶往近郊（据说）有许多避暑别墅的海门林纳去看了看。这座小城位于距离赫尔辛基大约一百公里的地方，驱车一个小时多一点就能赶到。

通往海门林纳的高速公路一路向北，宽阔笔直，车流量却少之又少。四周只有绿色的森林,除了树木没有可以一观的东西(木材长期以来一直雄踞芬兰出口商品的首位)。树木的种类也十分有限。有树干笔直的欧洲红松,像柳树一般枝条低垂的白桦,还有些云杉、枫树之类。这些树木交杂混生在一起,这样的森林连绵不断一望无际。我似乎有些喋喋不休:此外几乎没有可以一看的东西。当然,为了防止被品性恶劣的驼鹿咬噬,一路上得密切观察路面。我一边用车载音响听着从赫尔辛基市的CD店里买来的几张芬兰语摇滚老歌,一边悠然地享受着驾车兜风的乐趣。听芬兰语翻唱的罗伊·奥比森的《窈窕淑女》,颇令人心平气和,真的。

海门林纳有一个形状细长的美丽的湖。古代冰川移动时一路刮过地表形成的湖泊,宛如运河一般横贯南北,湖畔建了一座古老的城堡,风景秀美。海门林纳意为"海门的城堡",这座城堡的存在感就是如此强烈。城堡是十三世纪由瑞典人修筑的,用作统治芬兰的要冲。而城堡的周围自然而然地逐渐形成了街市。当时的芬兰几乎只在沿海地区有人居住,海门林纳便作为唯一的内陆城市和贸易据点得到了发展。

据说这座城堡其实从未遭遇过战火,自从十九世纪初俄国人取代瑞典人开始统治芬兰以来,便被改造成监狱,直到二十世纪八十年代还在关押囚犯。如今城堡内部得到了完美的修复,可以自由参观,丝毫没有留下曾经充当过监狱的气氛。只要有人愿意,

赫尔辛基的埃特拉港口

还可以租用大厅在此举行婚礼（哎呀，仔细想想，这跟入狱坐牢也差不多是一回事）。爬上塔顶，从窗口俯瞰湖上，风景非常明媚。至于被关押在里面的囚犯又是以怎样一种心情观看这风景的，就不得而知了。

参观完城堡，在街上吃了顿简单的午餐后，驾车沿着郊外狭窄的泥土路悠悠前行，游览了沿湖建造的避暑别墅群。一个叫巴罗拉的小镇附近有一户人家，在附设的牧场里放养着一对马儿，是母子。一个五六岁的小女孩和一只大狗正在那对马儿身旁玩耍。这幅光景温馨美丽。同行的摄影家说道："好温暖啊。可以的话，我想拍张照片。"于是向那家人打听："对不起。冒昧得很，能不能拍几张您府上的照片？"星期日正午，院子里突然冒出个拿着大照相机的日本人，对方似乎也有些吃惊，不过应该觉得"大概不是坏人吧"，便爽快地应允："行呀，没关系。尽管拍好啦。"真是热心的一家人。

住在这里的是一户姓威卡的人家，他们说这栋房子并不是避暑别墅，一家人常年居住在这里。这儿有一个宽敞的绿色庭院，一座伸向湖面的栈桥，不时有小艇缓缓地从前面驶过。水面上清晰地映出夏天的白云。养马据说也"不是为了做生意，仅仅是为了兴趣爱好"。仅仅是为了兴趣爱好就养起马来，这格局也太大了。与养猫相比，所费的功夫肯定大相径庭。好优雅的生活！

我们探访时，七八位家人（加上狗）都坐在院子里，正在一团和气、热热闹闹地享用午餐。大概是三世同堂吧。周围的自然风景丰饶美丽。为了不失去这美丽，大家共同细心地呵护环境——我有这么一种印象。有损景观的多余的东西一样也看不到。在这个国度，自然似乎会作为宝贵的遗产，一代又一代地静静传承下去。

从海门林纳出发，渡船跳跃般地穿越一个个湖，开往魅力十足的旅游城市坦佩雷。看宣传册上说，从船上可以饱览湖面与森林的景致。然而要乘船前往那里，得整整花费半天时间，为了日程安排，很遗憾这次只能割爱了。赫尔辛基固然是一座充满魅力的城市，但还没来得及品味内陆地区丰茂深邃的自然便告别芬兰，实在是太可惜了。将来有机会一定要重访此地，细细品味。我一面如此想着，一面沿着高速公路一路驰往赫尔辛基。不过，这是相当精彩的一天，况且也没撞上驼鹿。

今年（二〇一二年）赫尔辛基正好当选为"世界创意设计之都"，赫尔辛基市内到处都在举办与创意设计相关的活动。北欧的工艺设计在日本也得到高度评价，一直以来都深受欢迎，近年来芬兰的人气似乎越来越高。我这次拜访了几位工艺家的作坊，参观了他们的作品。当然他们都自成一家，各具风格，但淡雅的色彩、简素的设计性与日本的工艺不无相通之处，很多陶器可以直接用来盛装日本料理，受日本人喜爱也在情理之中。

在赫尔辛基市内有一家陶器作坊的陶艺家娜塔丽·赫登马基女士也说："我经常去日本。"这样的交流似乎很多。她的作坊位于一栋大仓库般的建筑物的二楼，那空荡荡的空间由几位艺术家共同使用，一楼是一家冰激凌工厂。据说那是一家在芬兰极受欢迎的冰激凌工厂，毕竟脚底下就开动着巨大的工业冷却机，因此推门进入走廊，就能听见马达的轰鸣声，吵得要死。电梯也是货用梯，极其宽敞。然而这种无意取悦他人的"仓库感"很有些从前纽约苏荷区的味道，飘逸着浓郁的艺术氛围。

芬兰的工艺设计比起瑞典和丹麦来，历史相对短浅，但正因如此，年轻人可以自由而积极地追求自己的风格，这方面的气势耐人寻味。单是散步时顺便逛逛各种创意小店，就能在赫尔辛基消磨好几天时光，一边走进映入眼帘的咖啡馆，简单地吃上一顿。不管在城市的哪个地方（大概）都很安全，这也是赫尔辛基的一个绝妙之处。

海门林纳饲养小马的女孩

虽然与设计无关，但建在赫尔辛基港小岛上的动物园十分有趣。整座岛自成一座动物园——就是这样与众不同。那是一座坡道很多、占地极广的动物园，从港口乘轮渡前往，可以在那儿野餐，观赏游玩。不知为何猫科动物种类齐全、应有尽有，让我这个爱猫的人玩得很开心。以前不知道，原来欧洲有多种多样的山猫。假如您有空，请一定去看看。只不过冬天去的话，动物也好人也好，恐怕都会很冷。

芬兰在整体上都很悠闲的北欧诸国中，是个尤其悠闲的国度。我的印象是没有什么花哨之处，时间徐缓寂静地流逝。人们和蔼热情，待人温柔。菜肴也很美味，是个好地方。去上一次，你说不定也会迷上芬兰的。运气好的话，没准还会在森林里遇上史力奇[①]呢……这当然是骗人啦。

〈追记〉

我是全凭想象写下《没有色彩的多崎作和他的巡礼之年》的芬兰场景之后，才去芬兰进行了这次采访，简直就像在追踪自己的足迹一般。在这层意义上，倒是一场意味深长的旅行。

---

①芬兰动画片《噜噜咪一家》中的角色。

伟大的湄公河畔

老挝,琅勃拉邦

由于没有从日本飞往老挝琅勃拉邦的直达航班，所以得中途转机。大多数人会将曼谷或河内作为中转地点。我自己是在河内住了一晚，当时有越南人一脸不解地问我："你干吗跑到老挝去呢？"从他的话里可以读出言外之意："老挝到底有什么，会是越南没有的呢？"

是啊，老挝到底有什么？这大概是个很好的问题。但就算这么问我，我也无法作答。你瞧，我不正是为了寻找那个"什么"，这才要动身赶到老挝去吗？而这，不就是所谓的旅行？

既然人家这么问，我便认真地想了想，结果发现自己对老挝这个国家几乎一无所知，而且迄今为止也没有特别的兴趣，甚至对它在地图上的位置都不了解。只怕您也差不多吧？我（相当随意地）这么猜测。

先看看几项维基百科式的事实：老挝是东南亚唯一的内陆国

家，没有一块领土面朝大海，只怕玩冲浪的人很少吧。然而另一方面（或许不妨这么说）却有一条叫湄公河的大河，从南至北纵贯国土。这条河还是与缅甸和泰国之间的界河。国土面积约为日本的三分之二（大半是崇山峻岭与密林），人口是日本的二十分之一。国内生产总值大约相当于鸟取县经济规模的三分之一，被国际货币基金组织归类为"最不发达国家"。百分之七十八的国民从事农业……这么一说，您只怕还是一头雾水，根本没搞清楚那是个什么地方，对不对？我也是莫名其妙，因此只好亲自跑去看一看了。

我的目的地琅勃拉邦位于湄公河畔，是个颇为小巧的城市。与小城本身相比，只怕郊外的飞机场反而更大一些。如同玄关高大气派，而房间却很少的人家。似乎穿过客厅，拉开里面的门一瞧，就已经到后院了。

小城的人口有两万多。城里有数不清的——想必是能数得清的，只是确切数字不明——大小寺院遍布各处，通常被称为"佛都"。从前曾经是澜沧王国实际上的首都，出于国防上的理由（这个国家自古以来一直不得不考虑国防问题），十六世纪迁都万象，于是如今就像奈良一样，变成了具有宗教情趣的幽静的"古都"，是一座在外国游客中很有人气的城市。顺便一提，该城还被列入了"世界遗产名录"。那儿没有高层建筑和购物中心之类，没有星巴克、麦当劳，也没有停车计费器，甚至连红绿灯都没有。

因为寺院众多，僧侣当然也很多。身着鲜艳的橘红色僧衣、剃着光头的僧人们，在城里的每一条街道、每一个方向来来往往。他们非常安静地赤足行走，脸上浮出柔和安详的微笑，轻声细语地交谈。橘红色的僧袍配上缠在腰间的明黄色腰带，鲜明醒目。

多数僧人撑着伞，遮挡强烈的阳光，十分遗憾，那些伞大多是极其普通的黑色洋伞。我想，恐怕应该有人——比如说某个非营利组织或者海外援助机构的人——为他们制作一些与僧衣相配的橘红色的精美阳伞，或者与腰带相配的黄伞。这样的话，色彩会显得更统一，琅勃拉邦的风景肯定会比现在更让人印象深刻。而他们作为僧侣的认同感岂不是更加坚定不移了？就像养乐多燕子队的忠实球迷手拿绿色的伞精神抖擞地奔赴神宫球场一样。

或许那无懈可击的配色与朴素的信仰是互不相容的东西？一旦开始思考，虽然这原本是与我毫不相干的事情，可身在琅勃拉邦的日子里，伞的颜色始终萦绕脑际不肯离去。呃呃，大概是因为走在街头的僧侣便是如此之多吧。

在佛教信仰盛行的老挝,琅勃拉邦是个信仰尤其笃诚的城市。每天清晨五点开始,僧人们就出门托钵化缘去了。人们将糯米饭(称作"khao nio")放进竹编的饭篮(称作"tip khao"),坐在路边,依次给每个经过的僧人施舍一份。普通人不能站在高于化缘僧侣的位置,也不能与他们四目相对(比如说踩着高跷来施舍是万万不可的)。必须在路旁正襟危坐,从下往上恭恭敬敬地递过去。这可是重要的礼仪。

僧人们以寺院为单位列队,光着脚陆续走来。前面说过,琅勃拉邦有为数极多的寺院,平均每一座寺院里大约有二十至三十位僧人归属门下。队列前端是地位高的僧人(偶尔也有聪明的狗狗在前面领路),队伍末尾则紧跟着和小学低年级的孩子年龄差不多的见习僧人。他们始终沉默无言,不说一句多余的话。一切都鸦雀无声。绝不会有僧人喋喋不休地说着什么"昨天达比修有[①]的投球好厉害",当然也不会有僧人拿着iPhone查看短信。事关托钵化缘,大家都不苟言笑,认真得很。施舍的一方自然也不能不郑重其事。

街上的人们早早准备好糯米饭,静静地等候着僧人们列队沿街走来。这种仪式日复一日从不间断,我觉得实在麻烦,不过在

---

① 著名日籍男子棒球运动员。

清晨托钵出门的僧侣们

琅勃拉邦，这已经成为人们日常生活中极其自然的一部分。老挝说起来是个社会主义国家，但是这种民间的佛教信仰却在超越了国家体制的地方，根深蒂固而又淡然自若地，像湄公河水永不断流那样，一如往昔地发挥着作用。我寻思"任何事情都是体验嘛"，也在凌晨天还没亮的时候端坐于路旁，给僧人们施舍糯米饭。嗯，尽管只是依样画葫芦而已，然而亲身做了一次，便能感同身受，不可思议地体会到了那种深深扎根于大地的力量，感受到它的货真价实。宗教家常说这一类话："哪怕只是徒具形式的模仿，只要亲身坚持下去，有朝一日就会变成真实的。"说不定还真有这么一回事。

无论如何，这里与东京都港区相隔千里——不说大家也明白。假如您也有机会到琅勃拉邦来，请务必起个早，试着去体验一回"托钵化缘"。亲自坐在地上，向僧人们施舍糯米饭，其间便会有某种超出预想的东西，让您感受到不知该说是仪式的力量，还是"场域"的力量。

就在琅勃拉邦小城前方不远处，湄公河名副其实地滔滔流过。琅勃拉邦在悠久的历史进程中，是由湄公河养育起来的城市。这条长长的大河纵贯老挝国土，滋养了土地，带来了丰富的水产，也成为珍贵的交通要道。不过，它绝不是一条平和安稳的河流。我来访问这座小城时正值旱季，水位按理说应该比平时低，然而穿行于山间的河流却狂野湍急，河水仿佛滂沱大雨刚刚停歇一般无比昏黄，混浊不祥。湄公河汇集各方支流，在下游汇成巨大的河流，河口附近形成了著名的湄公河三角洲。然而在这一带，河宽还只有一百来米（不过附近连一座桥也没建，人们依靠渡船往来于两岸之间）。站在岸边，眺望着一川泥水奔流不息，便会变得心绪不宁：那河底究竟会有什么？那儿住着怎样的生物？

我从琅勃拉邦旧王宫附近的码头搭乘叫作"长尾艇"的小船溯流而上，前往约莫二十五公里开外的上游，造访途中经过的小小村落，参观排列着无数佛像的洞窟，沿途经过了监狱（瞭望塔不祥地排排矗立）、纸烟厂、国王曾经的夏季别宫。由于水流极快，溯流而上与顺流相比，要多花两倍时间还不止。时不时地，还啪啦啪啦下起雨来，是个灰蒙蒙阴沉沉、凉意袭人的日子。虽说是东南亚，但毕竟地处内陆深山之中，冬季照样寒冷逼人，不是适合乘船旅行的天气。但拜其所赐，河流（恐怕）向我展示了与风和日丽的日子不同的一面。

我裹着派克大衣和防风外套，坐上那艘船，心不在焉地眺望着岸边被雨水润湿的密林景致，还有撞上障碍物后飞沫四溅的水流——小船巧妙地避让开这些地方，以及流过河面的形形色色叫不出名字的生活物资之际（还时常像被单调的引擎声诱惑一般，冷不丁地打个瞌睡），湄公河那深幽神秘、阴暗沉默的身姿，宛如濡湿的面纱一般，始终笼罩在我们的头顶，甚至有一种很想以"暗流汹涌""真相莫辨"来表达的心情。湄公河宛如一种巨大的集体无意识，挖土掘地，到处扩充队伍，洪流横贯大地，并且把自己藏匿于深深的浊流之中。对大自然丰厚的恩惠生出的感触，和对大地的敬畏所带来的紧张，都融合在围绕着河川的风景中。

湄公河看来与河畔居住的人们的生活方式完全契合、紧密相连。这条宽广绵长的大河就是他们的生命线。在河边由于水位下降（湄公河水位涨退的落差甚至能达到十米左右）裸露出来的肥沃土地上，人们惜时如金地辛勤耕作。皮色黝黑、体格壮硕的水牛成群走来喝着混水。女人们双脚踏进水里捕捞河虾。还有生活在随处停泊的小舟上的人家，绳索上晾晒着的衣物被无声的细雨濡湿。四周茂密的森林里，可以看到正在狩猎的人们。狗儿吠叫，鸡群鸣噪，一对农民模样、个子不高的老夫妻划着一艘很小很小的船，与我们相交而过（大概是去哪里买东西）。人们就在这湄公河沿岸讨生活，意识和心灵似乎与奔流不息的河水共生共存。大多是听天由命的，然而有时又是坚忍不拔的。

在河流面前，或者说在河流之上，我们这些旅人无非只是匆匆过客，是幻影般的存在。我们来了，欣赏过风景又离开，仅此而已，甚至不会留下一缕痕迹。乘船溯流而上，我强烈地感受到了这一点。很快，我便生出一种奇妙的感触，仿佛自己这个实体正一点一点地，毫无缘由却又确凿无疑地变得稀薄起来。而且对我这种普普通通的日本人来说，那条河恐怕是太汹涌，而且又太混浊了。这样的河流，我迄今为止在任何地方都不曾见过。它在短短几天内便轻微地，然而又非常彻底地改变了我心中原有的河流的概念。

琅勃拉邦有几家出色的餐厅，是面向外国游客的雅致去处。我每天晚上在那里悠然地享用晚餐。那儿既有本地的老挝菜式，也有极为标准的西餐，葡萄酒单也算得上丰富。而且我觉得在味道上水平也颇高。琅勃拉邦有很多外国游客（不知为什么几乎都是白人，大半是长期逗留者），这样的餐厅遍地都有。我在那里点过好几次在湄公河里捕的鱼——至少菜单上是这么写的——做的菜肴。冰爽鲜凉的椰子汤和清蒸白肉鱼是我的至爱。

不过到了早上，漫步在沿河的大早市（就像京都的锦小路，热热闹闹地挤满了本地人），看到店头摆出的鲜鱼，我不禁倒吸了一口凉气，感觉到轻微的冲击："哎呀，原来我每天吃的就是这种鱼？"因为湄公河里捕来的鱼，外观与平常在日本的鲜鱼铺里看到的竟相差十万八千里。要说面目狰狞可能有点夸张，但老实说，并不是"令人食欲大增"的样子。绝对不是。然而只要没有亲眼看到那模样，味道本身实在是绝妙。这个早市上到处是这类"让人既想看又不太想看"的趣味十足的野生食材，挤得严严实实。

还有一家店在叫卖串成一串、说不准是老鼠还是松鼠的东西，烤得焦黑酥脆。无论是老鼠还是松鼠，或者是别的东西——比如说拔掉了翅膀的蝙蝠之类，反正都不是勾起食欲的玩意儿。当然，如果闭上眼冒死吃下去，或许也和吃鱼时一模一样："嗯嗯，这不是挺好吃的嘛？"……

不过一归一二归二，老挝菜还是很好吃的。我觉得正好处于越南菜和泰国菜之间，说不定还蛮对日本人的胃口。路旁老奶奶卖的烤粘糕，很像日本的"五平饼"，有种令人怀念的滋味，相当好吃。总之路边密密麻麻地挤满了各式大排档。各种各样的水果也卖得很便宜。以这类食品为主解决一日三餐的话，年轻的旅行者大概可以实惠地在这里过日子，况且还有许多类似出租房的简易旅馆。

但这次因为工作关系，实在抱歉——其实也没到需要道歉的地步——我住进了一家叫"安缦塔卡"的超级豪华的度假酒店。原本是二十世纪初由法国人建造的一家医疗机构（老挝曾做过法国约莫半个世纪的"保护国"），美丽安静，处处都既干净又有品位，还有个绿意盎然的巨大庭院，简直像置身于另一片天地，并附设巨大的游泳池，以及魅力十足的餐厅。

这家酒店每周都会邀请一次当地的优秀演奏家，在夜色下的泳池边为客人们演奏本地的老挝民族音乐，还有舞蹈表演。我原本以为是给游客听的安全无害的音乐，并没有当回事。谁知临场一听，却是韵味深长、真挚恳切的音乐——真是对不起啦。乐团最前排是木琴手，他运用八度音演奏法（与维斯·蒙哥马利一样），几乎像催眠术一般，无休无止地不断敲击出音阶来。这便是主旋律。在他身后，环绕着其他甘美兰乐手。他以单线演奏出与之抗衡的旋律。一开始，那条主旋律与对位旋律淡淡地并行，然而一旦敲击乐手加大力度，便渐渐开始叠入类似不协和音的乐段。我们大吃一惊。很快，在这非谐性中，甚至感受到了某种类似恍惚的轻微的疯狂。对位旋律乍听上去似乎随心所欲，仿佛在粗暴地寻衅生事，然而仔细一听，它无疑在深处与主旋律交缠在一起，绝对没有偏离基本音阶。听着听着，我想："这不就是艾瑞克·

杜菲嘛。"当那不协和音达到巅峰时，甚至可以从中感受到一种阴森可怖的气氛，仿佛中了邪一般。说成分裂不知是否恰当，在有些地方，意识与无意识的分界线渐渐变得模糊不清起来。在万籁俱寂的黑夜里，侧耳聆听这样的音乐，会痛切地感受到深深扎根于大地的力量。有幸邂逅这样渊源深厚的音乐，对我而言，是老挝旅行的收获之一。

后来我问了酒店的人，原来这位甘美兰主奏者（虽然都叫"甘美兰"，却与印度尼西亚的甘美兰打击乐不同，老挝的甘美兰是合奏者在主奏者身后围成半圆形）竟然是老挝排名前五的甘美兰演奏家！我估计他年事已高，看上去却精神矍铄。据说他平时不演奏时，竟然在社区里担任萨满巫师！果然如此，不出所料呀——难怪我当时就有这样的印象。音乐与巫术肯定在某些地方是根底相通的吧。

那位萨满巫师兼甘美兰乐手在我离开这家酒店之际，像唱歌似的念着悠长的咒语，往我的左手腕上缠白色扣绳，好似手链一般。实际为我扣上绳子的是两位担任助手的老奶奶，她们在演奏音乐时负责敲击类似鸣钟的乐器，同时还担任伴唱（像埃里克·克莱普顿背后伴唱的黑人女性一样）。这两位肤色黝黑、身材瘦小的老奶奶如同双胞胎，长得很像。萨满巫师最后对我说："这

在酒店吃的老挝菜晚餐

是祈祷一路平安的咒符，三天之内不能解下来哦。"那扣绳想解也解不开（究竟是怎样一种系法），三天后在东京，我只得用剪刀剪断了它。其间，我就像逃亡的动物似的，手上一直缠着扣绳，在东京来来回回。而一看到扣绳，就会想起老挝来。

在琅勃拉邦小城，你应该做的事情首先是巡游庙宇寺院。佛寺巡礼。这就像去京都和奈良一般，只是这座城市比起京都和奈良，规模要小得多，所以佛寺巡礼倒也不算太费力气的事儿。不管去哪里，几乎都能徒步走过去，如果走累了，随便找个带篷的三轮出租车坐上去就行（就是声音有点儿吵）。花上两天，著名佛寺应该就能看上一遍了。要是有个能详细解说历史典故的导游跟着，自然很方便，但就算对历史细节和宗教背景不太了解，也能凭着一本导游书，独自一人一边天马行空地想象，一边周游寺庙，也不乏乐趣。不如说，这样反倒能按照自己的节奏行动，只怕更从容自在。在这里，最为重要的——如果允许我直抒己见的话——总之是花时间慢慢游览。

在琅勃拉邦漫步，悠然自得地巡游寺院，我有了一个发现：平时生活在日本，我们看什么东西时，其实从来没有好好地看过。我们每天当然都会看很多东西，然而是因为需要看，我们才看的，并非因为发自内心地想看。这与坐在火车或汽车上,仅仅用眼睛追逐着一闪而过的景色相似。我们太过忙碌,无暇花时间仔细查看某样东西。渐渐地,我们甚至忘记了用自己的眼睛去看(观察)事物了。

然而在琅勃拉邦,我们却不得不亲自寻觅想看的东西,花时间用自己的眼睛去观察(唯独时间取之不尽用之不竭)。而且每一次,我们都得勤勤恳恳地动用现有的想象力,因为那不是能随意套用现成的标准与窍门,像流水作业般处理信息的场所。我们不得不剔除先入之见,观察种种事物,自发地想象(有时是妄想),推测前后情况,把信息一一对应起来,从而做出取舍抉择。因为是平时未曾做惯的事情,一开始可能相当累人,然而随着身体熟悉了当地的空气,意识适应了时间的流淌,这样的做法会变得越来越有趣。

我在琅勃拉邦小城里看到了形形色色的东西。从寺院微暗的伽蓝精舍里供奉的无数旧佛像、罗汉像、高僧像,以及不明其意的种种塑像中,找出自己喜欢的东西来,是一件非常有趣的事情。倘若只是粗粗一看便匆匆而过,仅仅会觉得"有好多佛像嘛",便算完事了,但如果假以时日,聚精会神逐一欣赏的话,就会发现每一座塑像都有各不相同的表情与姿势。

偶尔还会遇上仿佛为我量身定制的、魂魄都要被勾去的塑像。遇到这样的塑像时，就会忍不住打声招呼："哟，你这家伙居然在这里啊！"多数都是颜料斑驳，表面发黑，边边角角缺了一块。其中还有鼻子和耳朵整个儿不见了踪影的。然而他们在微暗之中从无怨言，目不斜视，不问雨季旱季，只管默默地、无声无息地任时间流逝而去。如此经过一百年、两百年。我感觉与其中的几座塑像虽然沉默不语，却能心心相通。给人的这种温柔亲近之感，大概与西欧教堂的气氛大不相同。西欧的教堂有一种让参观者臣服脚下、心生庄严之感的氛围。这当然也令人惊叹，但在老挝的佛寺里却感觉不到这种"自上而下的催人折腰的压力"。

虽然不太清楚详细的情形，但老挝人似乎一有事情就向寺庙敬献塑像。有钱人敬献高大华美的塑像，穷苦人就敬献小而朴素的塑像。在这个国度，这似乎是信仰的体现，因而有许许多多的佛像和塑像汇集到寺庙里来。仔细一找，不知为何，其中还当真存在与我有私人联结——只能如此视之——的东西。我能以多余的时间和自己的想象力，在那里点点滴滴地拾起类似自身碎片一般的东西。真有些不可思议。世界是那般广阔无垠，而同时，它又是一个仅靠双脚就能抵达的小巧场所。

总而言之，琅勃拉邦小城的特征之一，就是那里充满了故事。

在能看见中庭的门廊里悠闲地读书

几乎都是宗教故事。寺庙的墙上密密麻麻地绘满了故事画。每一幅都颇为奇妙，似乎大有深意。我向当地人请教："这幅画是什么意思？"大家都会抢着解说那故事的原委："啊，这个嘛……"每个（宗教性的）故事都很有趣。首先让我感到吃惊的，是如此之多的故事，人们竟然全都熟记于心。换句话说，如此之多的故事都集中存储在人们的意识中。这个事实首先感动了我。以这样存储起来的故事为前提，共同体得以建立，人们得以牢牢地团结在地缘关系中。

要确定宗教的定义，是一件非常困难的事情。或许可以说，这种固有的"故事性"成了认识世界的框架，发挥着作用，这也是宗教被赋予的一种基本职能。千真万确，没有故事的宗教是不存在的。而且那（追本溯源）是不需要目的、不需要他人解读的纯粹的故事。因为宗教这东西是规范与思维的源泉，与此同时，不，在此之前，它作为故事的（换句话说是流动意象的）共有行为，注定又是自生性地存在着的东西。也就是说，它自然地、无条件地被人们共享这件事，对灵魂而言是重于一切的。

我一面巡游琅勃拉邦小城的寺庙，一面左思右想，思考着这样的问题。尽管算不上是思索，脑子里却不知不觉地这样思来想去，大概是因为时间富余吧。

走进小巷里的一座小庙,看见那儿有一尊小小的猴子像,正恭恭敬敬地将类似香蕉的东西献给一位高僧。不对,那也许不是香蕉,总之是从热带雨林里采摘的食物。不管怎样,猴子像不太多见,加上这猴子又非常生动可爱,我便问本地人:"这是个怎样的故事?"据他说,这位高僧在热带雨林中进行严格的断食修行,颇有成果,眼看就要开悟,进入圣人之境了。可是猴子看到他的苦状,非常同情:"这么了不起的大和尚竟然饿肚子,好可怜!"便送来了香蕉(之类),递给他说:"大和尚,请吃这个。"就是这样一个故事。自然,高僧郑重地谢绝了猴子的好意。断食意味着什么,猴子是理解不了的——我也有点理解不了。不过,真是只值得称赞的猴子啊。可是那位和尚有没有成为圣人呢?这个我没问,所以不得而知。

反正我对这尊猴子像格外喜欢,到那座小庙去了好几次,从各种角度观赏猴子的姿态。大概是因为时间绰绰有余吧。那座小庙里总是有两三只大狗,百无聊赖地睡着午觉。它们的时间好像也绰绰有余。

我在这座小城里遇到的人,个个都笑容可掬、温文尔雅,说话轻声细语,信仰坚定,主动向托钵的僧人布施食物。他们爱护动物，街上到处都有许多狗和猫，优哉游哉自由自在，大概也没什么精神压力。狗儿们面容柔和，几乎一声也不叫，那模样看上去甚至让人觉得是在微笑。美丽的九重葛仿佛水量丰沛的粉色瀑布，在街角缤纷地盛开。

然而只要踏出小城一步，那里就有泥浆般混浊的滔滔奔涌的湄公河，奏响于沉沉夜幕之中的土生土长的音乐。黑色的猿猴们游荡在密林之中，河里（可能）成群地潜伏着我们从未见过的奇形怪状的鱼儿。

登上位于琅勃拉邦小城正中的普西山（得徒步爬上三百二十八级陡峭的台阶），可以遥望在葱茏密林间蜿蜒蛇行的湄公河。站在那里纵目远眺这条大河，与站在岸边就近观察时的印象截然不同。夕阳映照下，这条闪耀着金光的河流圣洁地抚慰着人们的心灵。那里似乎有一种流逝的时光放缓了脚步般的宁静。暮色渐深，佛塔上方开始闪现白色的星光。鱼儿们在河底准备安眠——如果湄公河的鱼儿是在夜里睡觉的话。

"老挝到底有什么呢？"对于越南人的这个疑问，我眼下还没有明确的答案。要说我从老挝带回来了什么，除了少数土特产，就只有几段光景的记忆了。然而那风景里有气味、有声音、有肌肤的触感。那里有特别的光，吹着特别的风。人们的说话声萦绕在耳际，我能回忆起那时心灵的颤抖。这正是与寻常照片不同的地方。这些风景作为唯独那里才有的东西，至今仍然立体地留存在我的心里，今后大概也会鲜明地留存下去吧。

至于这些风景是否会起到什么作用，我并不知道。或许最终并没有起什么作用，仅仅是作为记忆而告终结。然而说到底，这不就是所谓的旅行？这不就是所谓的人生？

棒球、鲸鱼和甜甜圈

波士顿 2

经过一段岁月之后，再以旅行者的身份去拜访一个曾作为居民生活过的场所，是一件相当不错的事。在那里，你好几年的人生被切割下来，好好保存着，就像退潮后的沙滩上一串长长的脚印，十分清晰。

比如在那里发生的点点滴滴，在那里的所见所闻，当时流行的音乐，呼吸的空气，邂逅的人，交谈的话语。当然也可能有一些无趣的体验、悲哀的感受。然而开心的事情也好，不太圆满的事情也罢，一切都被时间这张柔软的包装纸包裹起来，和香包一起，收进了你意识的抽屉。

我生活过的地方，其实是与波士顿隔着一条查尔斯河的剑桥市，而这两个城市的生活圈几乎是融为一体的。实际上，到了冬天，河流结冰，有些地方甚至可以徒步过去——话虽如此，我可是怎么也鼓不起劲儿走过河的。

波士顿是一个充满魅力的城市。规模既不太大，也不太小。虽然历史悠久，却并不陈旧苍老。过去与现在巧妙地和平共处。尽管没有纽约那般的活力、多样性的文化与丰富的文娱活动，也没有旧金山那种蔚为壮观的雄姿，却有唯独在波士顿才能欣赏到的景致与文化，就像波士顿交响乐团能演奏出与其他交响乐团迥然不同的音乐一样——这么说来，我住在这里时，小泽征尔正担任该乐团的音乐总监。

在波士顿，太阳的光照情况多少有些不同，时间流逝的方式也别具一格。看上去，这里的光线似乎带着些许偏斜，时间的流逝也仿佛有些不规范……

十分惶恐，我要说一个不太美好的故事：我在波士顿红袜队的主场芬威球场近旁的球迷吧里喝生啤（当然是山姆·亚当斯牌啦），去上厕所时，发现小便器里放着印有纽约洋基队标志的塑胶除臭剂。那意思是："请对准这里小便！"（我不由自主地照做了。）就是这样一种地方特色。专门做出这种除臭剂来，还堂而皇之地在市场上公开销售，我越想越觉得厉害。为此，人们把这一带称作"红袜国"。走在路上的行人，几乎个个都头戴红袜队的棒球帽，简直像宣示信仰一般。一到夜晚，市内所有酒吧都在

波士顿红袜队的主场芬威球场

播放红袜队的比赛实况,人们大呼小叫,时而高兴时而忧心。

那么在纽约,人们是否会冲着红袜队的标志小便呢?我觉得大概不会。他们并不像波士顿市民那样,把洋基队视为眼中钉肉中刺,特别在意红袜队。其中有相当大的心理落差。对于纽约人来说,波士顿不过是纽约以外的"许多城市之一"。然而对于波士顿市民而言,纽约洋基队嘛……可能相当于阪神老虎队与读卖巨人队之间的关系。

不管怎样,想了解波士顿——或者了解重要的那一部分,你就应该光临芬威球场。如果运气好的话,大概能弄到一张票。遗憾的是,芬威球场几乎所有比赛的球票都是售罄状态。虽然还有网上购票这个办法,但价格都被炒到很高。总之这是个人气很旺的球场。尤其是对战洋基队时,票价会贵得让人目瞪口呆。我有一位不错的朋友,手头竟然有好几张全年球票,我常常叨扰他。实在是太走运啦。

现场观看球赛也许很难,但参观球场却简单得多。我觉得仅仅是闻一闻这座球场的气味,也值得报名参加游览。要知道这是目前全美国最古老、最具渊源的球场。这座球场落成、举办第一场棒球大联盟比赛要上溯到一百多年前,一九一二年四月二十日那一天。然而不幸的是,就在几天前,豪华游轮泰坦尼克号遇难沉没了。因为这场悲剧，这场值得纪念的开幕大战在报纸上的待遇，就变成了一篇极小的报道。原本应该是大张旗鼓地占据头版头条的重大新闻……红袜队人士为此垂头丧气，打那以来都过去一个世纪了，他们还为此义愤填膺：干吗非得选择这么特别的日子，特地去撞那座倒霉的冰山！

倒霉的冰山。

只消亲眼看看就会明白，芬威球场在各种意义上都是一座非同寻常、风格古怪的球场。由于是在大都市正中央的狭小公园里勉强建起来的棒球场，总而言之建造得左支右绌。那歪歪斜斜的形状，拜其所赐诞生的绿色怪物[①]，老式的钢架（在观众席上制造出了许多死角），球场内好几处防护墙上的凹陷（当然产生过许许多多的违规反弹球），让有恐高症的人后背发凉、如悬崖绝壁般陡峭的二楼观众席，会被飞来的界外球直接命中的危险的内场观众席（除了后方防护网之外，几乎无遮无拦，球会直接飞进观众席）。与这种不拘细节的硬件相比，软件方面也有过之而无不及，相当别出心裁。比如第八局后半场全场观众开开心心合唱的尼尔·戴蒙德那支古老（而莫名其妙）的走红金曲，形状扁平的热狗，像美式足球四分卫般精准地将一袋袋薯片从远处抛给观

---

① 指芬威球场的左外野绿墙。

众的售货员。然而一旦习惯了球场这副模样,你反而会觉得其他球场索然无味,真是不可思议。

更不可思议的是卖啤酒的柜台。芬威没有兜售啤酒的售货员,所以你想喝上一口的话——心痒难忍,就想喝点儿啤酒——就得自己走到啤酒柜台去买。那里出售冰镇的山姆·亚当斯鲜啤。手捧着它,小心翼翼地别洒出来,再走回座位。然而每次都要求出示身份证。我觉得像我这种人,怎么看也不像没满二十一岁,但还是不行。我的一位熟人,经常一起去看球的比尔,已经七十高龄了(并且脑袋已经秃得干干净净),往这座球场都跑了半个世纪了,跟卖啤酒的人也很要好,互相以名字称呼对方,可每次仍然要勤勤恳恳地掏出身份证给他们看。

"这是为什么?"我问比尔。他摇摇头:"呃,搞不懂啊,反正打从前起就是这样。"听他这么一说,再仔细想一想,在波士顿,像这类"搞不懂啊,反正打从前起就是这样"的事情似乎还挺多。说不定这种地方也是波士顿这座城市的本色之一。

对啦对啦,唐恩都乐连锁店也是在波士顿一带受到偏爱的事物之一。这座城市当然也有众多星巴克,但顽固不化的波士顿市民(市民大半都多少有点顽固)走在街头忽然想喝咖啡时,似乎

在美国最古老的棒球场内

比起星巴克，更爱跑进唐恩都乐里去。哪怕男女店员的态度远远谈不上友好亲切，咖啡的味道也称不上印象深刻，桌椅和照明竞相把极简主义发挥到了极致，网络环境等观念几乎不在考虑之列。然而，与星巴克相比，他们还是愿意继续做唐恩都乐的忠实顾客。这到底是怎么回事？要让比尔说的话，一准是："呃，搞不懂啊，反正打从前起就是这样。"

如果是去纽约，或者在东京，我也常常走进星巴克里喝一杯咖啡。对于星巴克，我并没有个人层面的反感。这一点还请理解。但只要身在波士顿，我的两只脚就会自然而然地朝着唐恩都乐的标志迈过去。在那里皱着眉头喝着热咖啡，啃着甜甜圈，摊开《波士顿环球报》，查看前一晚球赛的结果。因为那里再怎么说毕竟是波士顿，而唐恩都乐是"波士顿式的精神状态"中至关重要的一部分。所以不知不觉就会变成："大杯白巧克力冬日奶茶？嗯！"

住在剑桥市时，我每天早晨都到查尔斯河边跑步。冬天河畔覆盖着厚厚的冰雪，几乎不可能跑步。然而春天终于到来，等到牢牢覆盖着地面的坚冰开始融化，河边绿草开始发芽时，加拿大黑雁在天上排成 V 字形，从南方归来了，并且迈开扁平的双足在河畔的小径上笨拙地走来走去。我们跑在沿河小径上，必须留神别把这些蠢头蠢脑的大雁一脚踹飞。就如同我们在拼命奔跑一样，它们也在拼命地四下吃草——不，也许它们更加认真。两种不同的生活方式，在查尔斯河畔宿命般地交错。

雁群里，大雁会轮流放哨。大伙儿都在进食时，常常有两只大雁饿着肚子，高高扬起脉子，像瞭望塔似的环顾四周，检查有没有敌人侵害雁群。一旦有可疑者凑近，便嘎嘎大叫，向同伴们发出警告。不知道它们是通过什么程序决定由哪只大雁担任哨兵的，是由头领指定"喂，你去"，还是根据习惯，自然而然地形成了某种顺序？我一直惦记着应该去查一查，可不知不觉一拖就是二十年。二十年，真是弹指一挥间。

啊，罢了。这就是人生嘛。

假如在波士顿无事可做了（棒球看过了，美术馆也去过了，哈佛大学也参观过了……），又是个晴空万里、心情舒畅的大好春日，去看看鲸鱼或许是个不错的主意。带好帽子、上衣和瓶装水，乘上船。尽可能早点儿赶到波士顿港，抢在众人之前第一个占据前排座位，这是至关重要的，因为船头是最佳位置。

我就是坐在这种船上，第一次看到了活生生的鲸鱼，真是百看不厌。让人真实地感觉到，躯体如此庞大的生物，要填满整个胃，非得吃掉数量巨大的鱼才行！鲸鱼的一天几乎都花费在了捕食上。它们为了生存片刻不停地进食，或者不如说，为了片刻不停地进食而活着。既不听马勒的交响乐，也不定时录像，不写贺年卡。既不上推特，（大概）也不联谊。不参加定期体检，当然也不写小说。因为它们没有工夫去做这些闲事。

就这样，我一面站在甲板上观赏鲸鱼，一面沉湎于深深的哲学省察。从宇宙的观点来看，它们的活法与我们的活法之间，在本质上究竟有多大的区别呢？在波士顿的大海里心无旁骛地追逐着沙丁鱼群，与聚精会神地倾听马勒的《第九交响曲》之间，又有多少意义上的差别呢？一切不都是一次宇宙大爆炸与另一次宇宙大爆炸之间，一场无常的梦幻吗？

如果你想在举目四望空无一物的大西洋上，漫无章法地沉湎于这种宏伟的省察，那么赏鲸是我的第一推荐。当然，也推荐给那些并不关心这种事情，只要在甲板上吹吹海风，遥望鲸鱼黝黑光滑的身体忽而潜入海里、忽而浮出海面喷水，便感到足够愉悦的人。

不用说，既然来到波士顿，就应该把吃海鲜菜肴列在出行计划的前几项里。尤其是靠近海边的北区，高级的海鲜餐厅鳞次栉比。这一地区的贝类尤其值得一试。我个人推荐一种叫熊本生蚝的小牡蛎和叫小圆蛤的当地出产的贝。不妨几个人一起去，满满地叫上一大盘。端上桌时会飘漾出扑鼻的新鲜潮水味儿。可以把柠檬挤出汁来，浇在上面，然后再点一瓶冰得透凉的"鹿跃"霞多丽白葡萄酒。

午后花上点时间享用这种美食，你就会觉得，什么人生的奥秘，什么下一次宇宙大爆炸，这种事情别多想，就随它去吧。

嗯，或许真的随它去就好。

白色道路与红色葡萄酒

意大利，托斯卡纳

二十世纪八十年代后半期，我曾在罗马断断续续地住过两三年。在城里租下了一处公寓（为了寻求更好一点的环境，前后搬过三次家），窝在里面写小说。作家这个职业最大的好处，在于只要有纸和笔，就能在世界上（差不多）任何一个地方开工。那是一个无论是电脑还是互联网，无论是手机还是联邦快递都没有普及的时代，日常生活中有大大小小的不便之处，甚至连邮件都无法顺利送达。然而一旦习惯了这些不便，并且释然于心，"无非就是这么回事啦"，它们就算不上什么糟糕的问题了。生活在罗马时，日本变成了地球背面遥远的异国。留在日本的桩桩件件，就仿佛把望远镜反过来看一般，变得又小又模糊，看不真切。在这样的土地上，我集中心力写下了《挪威的森林》和《舞舞舞》这两部长篇小说，以及足够一本书分量的短篇小说。

居住在罗马的最大乐趣，就是走出罗马的时候……这么说未免对不起罗马，但老实说，倘若作为一介游客来观光游览，罗马这座城市当然是个美丽的去处，然而实际上非常拥挤，住房情况也十分严峻，很难说是个让人安居乐业的环境。但由于种种缘故，我却落得了住在罗马的地步。于是我索性买了一辆车，一有闲暇便逃离这座混沌的都市，随心所欲地驱车去意大利美丽的乡间旅行，转换心情。蓝旗亚 Delta 1600GT 是一款由知名设计师乔盖托·乔治亚罗设计的美丽的汽车，单单是坐在里面就觉得很幸福了。尽管手一松，方向盘就会一个劲地向左偏，想稳住它得费些蛮力，手动挡的排挡也常常出毛病，但依然（或者说更加）令人钟爱，是一款魅力十足的车子。意大利汽车——以及意大利这个国度——就有这样一种魅力。驾驶着这样的车，驰骋在托斯卡纳徐缓的丘陵地带，实在是至高无上的幸福。

为何是托斯卡纳？我们（我和我太太）之所以常常前往托斯卡纳，不用说，就是为了选购美味的葡萄酒。周游托斯卡纳的大小乡镇，走访当地的酿酒作坊，成批购买喜欢的葡萄酒，然后走进小镇上的餐厅享用美食，在小旅馆里投宿。这样漫无目的的旅行持续约莫一周，汽车后备厢里装满了葡萄酒，回到罗马。然后我便一边举杯啜饮葡萄酒，一边在家中窝上一段时间，伏案埋头写小说。这样的生活持续了好几年。

你觉得这样的生活很美好，是不是？嗯，的确是美好的生活。真正在意大利过日子，各种各样的麻烦事儿会层出不穷地袭来，简直就像角色扮演游戏一般（现在想起来还不禁长吁短叹），可就算加上这些，我仍然觉得那些日子里包含着美不胜收的东西。那是活着本身的自由——一言以蔽之，恐怕就是它了。这是在日本很难体味到的一种自由。

我在意大利写的短篇小说中，有一篇就写到了去这种地方城市旅行时的插曲。主人公在一个叫卢卡的托斯卡纳西北部小城，与高中时代的同班同学偶然重逢。卢卡是一座被中世纪城墙环绕的美丽小城，普契尼就出生在这里，而查特·贝克因携带毒品在这里锒铛入狱（好奇妙的组合）。两位老同学为在意想不到的异国他乡重逢而惊讶，走进餐厅，坐在壁炉的熊熊烈焰前吃牛肝菌，喝一九八三年的（可提布诺）红葡萄酒，絮絮叨叨地叙旧。话题转到了主人公从前交往过的女孩子身上，这时，一件小小的事实水落石出。好像是这样一个故事——已经二十多年不曾重读过，细节记不真切了。提到可提布诺这个专有名词，是因为住在罗马时，我当真喜爱这款托斯卡纳葡萄酒，经常喝。

这篇作品在日本发表之后，没过多久就被译成了意大利文，碰巧被酿制这可提布诺的酒庄女主人埃玛努拉·斯图基·普里内蒂女士读到了。她非常热情地把好几瓶一九八三年的可提布诺寄到我东京的寓所来，还附上一张便条："感谢您撰文称赞本酒庄的葡萄酒。"我当然心存感激地大饱口福了。一九八三年虽然不能说是最佳年份，但对经典基安蒂来说，似乎是相当好的年份。

这次采访，是我时隔多年之后重访托斯卡纳（而且还是采访葡萄酒庄），我给埃玛努拉女士写了一封信，询问能否前去她的酒庄采访。她回信道："敬请光临，衷心欢迎。我们也有客房提供，请下榻敝处。我们一道享用美食美酒。"实在是太美妙了。

我与摄影师、编辑在佛罗伦萨机场租了一辆汽车。尽管事先向安飞士租车公司预定的是一辆中型阿尔法·罗密欧，然而实际上交给我们的，不知何故却是一辆小型车菲亚特500L。在机场的租车事务所里，这种情况屡见不鲜。"这可是排量1300cc的柴油车。"服务台的女子用不容分说的干巴巴的声音告诉我们。"1300cc的柴油车？"我不由得心生疑惑。要知道这可是三个大男人带着全套行李，还加上摄影器材。1300cc的柴油车在托斯卡纳的山道上能安然驰骋么？

然而就结果来说，这辆菲亚特500L却出乎意料，是辆优秀的好车。换句话说，这是菲亚特新款的加长版。手动挡咔哧咔哧

托斯卡纳的典型景致

地十分顺手，频频换挡时，尽管说不上有强劲的力量，也能开开心心地一路飞奔。嗯嗯，毕竟在意大利的路上还是得开意大利的车啊！我一面心有所悟，一面在托斯卡纳蜿蜒的土路上绕来绕去。每当身后有宝马或奔驰迫近时，就主动让道："好好好，请您先走。"尽管如此，乐趣却丝毫不减。那些铁面具似的德国车，只管让它们冲到前边去便好。

托斯卡纳的土路被称作"白色道路"，这么叫当然有它的理由。因为一路飞扬着又白又细的尘埃，驱车驶过，只消半天车身就变得通体粉白。那儿的土地饱含石灰质，因此周边停放的每一台车都是白色的，蔚为壮观。就算擦洗得干干净净，转眼之间又会变得粉白，于是大家都撒手不管，让它保持那种白花花的模样。这番光景也非常托斯卡纳，妙得很。这种独特的土壤，却能让优质的桑娇维塞葡萄和橄榄树结出美丽的果实来。

埃玛努拉女士拥有的巴迪亚·可提布诺酒庄位于经典基安蒂产区南部，坐落在海拔六百五十米的山中。在享有盛名的基安蒂产区，也是酿制最正宗的葡萄酒、堪称心脏的地域。这幢建筑起初是一座受到美第奇家族庇护的大修道院，在拿破仑战争前后逐渐没落，落入了民间之手，被改建成酒庄。那是一八四六年的事。自那以来，这里的酿酒业一直持续至今。然而在昏暗的地下酒窖里，按照年代顺序陈列的一排排瓶装葡萄酒中，最古老的也只到一九三七年。我问道：为什么呢？就没有保存年份更老的酒吗？埃玛努拉露出稍显黯然似乎又听天由命的表情，答道："年份更老的酒，全被占领军的士兵喝得一干二净了。"是德军还是美军，我没有问，也许两者都有。不管何时何地，战争都实在是让人讨厌啊。这一带自古就是锡耶纳与佛罗伦萨这两大城邦争权夺利的激战之地，每一次都被卷入其中，受害匪浅，对战争或许已经习以为常了。

埃玛努拉从酒窖的酒架上取下一瓶我出生的年份——一九四九年的葡萄酒，特意送给我。经历了漫长的岁月（相当于我年龄的分量），酒瓶上落满灰尘、长满了霉，从中可以感受到历史的沉重。我十分珍惜地把它带回了东京，既感到高兴，同时又认真地感到苦恼，不知道应该在什么时候、什么情形下打开这瓶珍贵的美酒。不过，呃，姑且慢慢考虑吧。到时候肯定会遇到好机会的。顺便一提，一九四九年对葡萄酒来说，好像是十分不错的年份。太好了，要是个糟糕得没法提的年份，我可要垂头丧气了。

那一晚在点燃的暖炉前，品尝到了闻名遐迩的带骨整块烤制的奇亚那牛排，也就是所谓的佛罗伦萨牛排。里面还是血红的，就这么用锋利的大厨刀干脆利落地切成块，装盘上桌，搭配本地产的蔬菜和菌菇。埃玛努拉和她在博洛尼亚大学学电影的英俊儿子莱昂纳多都在，我们一边进餐一边谈论电影，稳重安静的拉布拉多犬特伦迪也在一旁。托斯卡纳万籁俱寂的深山里，屋外已经沉入漆黑的暗夜之中。在过去的修道院高高的拱形屋顶下，在宗教壁画环绕的房间里，听着肉汁滴落在火苗上哧哧作响，啜饮带着深重阴影的可提布诺，我的心宛如融进了历史长河里，无以言喻地波澜不惊。

这一带处处还保留着丰茂的自然风光。"上次在附近的森林里散步时，我还碰到了狼呢，虽然不常见。"埃玛努拉告诉我。所以在自家周围散步时，狗是不可或缺的伙伴——与缠着花头巾在东京青山大街漫步的拉布拉多犬相比，使命可谓是天差地远。我们驱车经过附近的马路时，乌黑的野猪一家就从眼前夺路而过。首先是父母急匆匆地横穿马路，几只小家伙紧随其后，连滚带爬地拼命奔跑。坐在车里观望着它们滑稽的身姿，当然乐不可支，可万一在森林中突然遇上的话，只怕要吓得魂飞魄散了。顺便一提，野猪大餐也是托斯卡纳的名菜之一。像这种用本地产的新鲜食材做的野味，和浓郁香醇的经典基安蒂葡萄酒十分搭配。略感浓烈的单宁余味与饱满的肉汁两相调和，非常醇美。我幡然醒悟：啊，原来基安蒂葡萄酒是与这种乡土美食一道享用的酒啊！同时

1949年的葡萄酒佳酿

也明白了此地所产的葡萄酒为何几乎都是红酒。

据说埃玛努拉继承了美第奇家族的血统，无论是风貌还是气度，都隐隐约约有一种贵族气派。她同时也是一位富有进取精神的酿酒家，喜欢日本，听说曾经到日本去过好几次。

花上些时间，随心所欲地驾车游览基安蒂地区，是一次美好的体验。说得稍微夸张一点，这体验没准能成为你人生中的华彩乐章。沿着朝南的徐缓丘陵，葡萄园宛如大海一般蜿蜒连绵，一望无际，还可以看到色调朴素的橄榄树丛。阳光无比柔和，仿佛总是笼罩着一层绵软淡薄的轻纱般的流霞。眼前是红砖建筑和挺拔的绿色丝柏，迤逦曲折的白色山道。山坡上零零星星地点缀着古堡和古意苍然的别墅（那里究竟有怎样一种生活呢）。这光景是如此温柔优美。损坏这种和谐有序的美的东西几乎无处可寻。既没有便利店的招牌，也没有简易预制住宅。因为地处深山，气温相对较低，日照也不够强烈，单单是眺望着连绵成片的葡萄园，桑娇维塞葡萄在这温和的气候条件下，慢慢地、静静地、不慌不忙生长的模样，便会浮现在眼前。

假如你想纵目远眺，将这一带丰饶而独具特色的风景尽收眼底，那么我建议你去布洛里奥城堡。从小山坡上这座坚固无比的城堡——攻陷此城一定得耗时费日、用尽心机——的瞭望台上，经典基安蒂产区的心脏区域一览无余。大海般辽阔的葡萄园，丰饶的绿色森林，点缀其中的小巧美丽的村落，这样的风景化为雄伟壮丽的全景图，连绵不绝，无涯无际。

如此说来，埃玛努拉还说过这样一番话："托斯卡纳的土地成为酿酒的理想之地，就在于森林与葡萄园混为一体，森林给了葡萄园丰富的养分。这是非常重要的一点。在只有葡萄园的地方，土地不知不觉会变得贫瘠。"站在布洛里奥城堡上远眺托斯卡纳大地，她的话自然而然地沁入肺腑。仅仅是观望，也能感觉到森林与葡萄园相辅相成的情形，切实感受到葡萄酒就是由那片独特的土地酝酿出来的自然涓滴。

这一带的土壤十分独特，由黏土与石灰岩混合而成，在地上稍稍一挖，大得惊人的石块就会源源不断地冒出头来。这样一种石头堆积如山的光景处处可见。这是几乎只能生长葡萄和橄榄的土地，另一方面，葡萄和橄榄却能长得无比美艳，胜过任何地方。十月初，葡萄采摘完毕，旋即又开始采摘橄榄。人们在秋天里忙忙碌碌，几乎无暇休息。然而进入十一月之后，所有的农活便告终了，在下一个春天到来之前，托斯卡纳的人们悠闲地坐在暖炉前，大概是倾杯啜饮着托斯卡纳葡萄酒，度过漫长的冬天。说不定也有人端着猎枪，闯进森林里去打野猪或者打鸟。人们这种生活历历浮现在我的眼前。

布洛里奥城堡曾经的主人贝蒂诺·里卡梭利男爵，是位担任过意大利共和国第二任首相的历史人物，不过他似乎对酿酒态度真诚，充满激情。一八七二年他下达了一个重要决定："从今往后，基安蒂地区的葡萄酒，大家统一采用这个配方酿造。"也就是说，为这个地区葡萄酒的理想状态规定了数值和方向。不妨说正是因为他的英明决断，才有了今天基安蒂葡萄酒的美誉。不过，有本事将意大利人的意见（这可是一群别的姑且不论，唯有意见层出不穷的人）统一起来，制订出严格的规则，并让众人遵守，这要我来说的话，实在是近乎奇迹了。一定是位人格超凡的人物（要不就是口才超凡，或者令人生畏）。

百分之七十的桑娇维塞，百分之二十的卡耐奥罗，百分之十的玛尔维萨白葡萄酒，这就是男爵规定的比例。根据这个配方，桑娇维塞特有的单宁强度被适度调和，生出水果香味，一下子变得好喝多了。多年以来，这成了基安蒂的味道。"男爵大人果然伟大！"我也不觉染上了托斯卡纳农民式的乡音，深感佩服。

只不过这个严格的配方比例，最近几年却大为走样。这是因为出现了越来越多的热情高涨的本地酿酒家，他们不愿再被一个多世纪前的规则束缚，想自由地酿制心目中理想的葡萄酒，认为不妨有多种多样的口味。尽管在这些革新派与守旧派间发生过司空见惯的纷争，但托这一连串积极变革的福，基安蒂葡萄酒的品质得到了很大的提高。如今几乎不再添加白葡萄酒了。还有不少葡萄酒采用的是百分之百的桑娇维塞。所谓的"Natural Wine"（自然无添加葡萄酒）也成了一大潮流。

尽管配方比例大致相同（细微的误差姑且不计，桑娇维塞葡萄是绝对的主角，这个事实毫无变化），只要翻过一座山，葡萄酒的味道就会有惊人的不同。这种无法通过数值来测定的微妙个性差异，也是经典基安蒂葡萄酒不可思议的魅力。一般来说，意大利人提到自己的故乡时会描述得很细致，常说："只要翻过一座山头，不管长相也好、方言也好、为人也好，都大不相同呢。"其实对于葡萄酒，似乎同样可以这么说。徐徐地东游西走，探寻着一个个小镇的不同"人品"，或许也是在托斯卡纳旅行的乐趣。

就这样，Gaiole in Chianti（加约莱因基安蒂），Radda in Chianti（拉达因基安蒂），Castellina in Chianti（卡斯特利纳因基安蒂）……这些托斯卡纳小镇名字奇妙的读音（每一座都是有美丽城墙的小镇），不知为何萦绕脑际难以离去。哪怕是回到日本之后，只要看到和听到这些名字，我就会清晰地回忆起在那里看过的风景，在那里喝过的美酒，在不知其名的小餐厅里吃过的菜肴。于是便会寻思："啊，还得再到那里去一趟啊。"这次无论如何也得租一辆阿尔法·罗密欧。

我可是自作主张，把这种情形称作"托斯卡纳热（fever）"哟。

从漱石到熊本熊

日本,熊本县

1 为什么是熊本呢？

在熊本，几乎每天都在下雨。虽然算不上大雨如注，却总是绵绵不停。不过我去的时候恰好赶上梅雨季节，再怎么下雨也抱怨不得。那正是抢工插秧的时候，雨水如果不丰沛，就会影响农作，我作为一个还算健全的日本国民，也只能将降雨视作"来自上苍的恩惠"，甘之如饴了。也许归功于这淋漓的雨水，熊本街头染上了漂亮的鲜绿色。从东京来到这里，大概都会感佩不已：分明同样是城市，却处处绿意盎然，处处盛开着五彩缤纷的大团绣球花，流过市区的河流之多也令人佩服。这些发源于阿苏山脉的河流，因为匆匆奔向有明海的湍急浊流而涨起水来，那堪称豪爽的奔腾之姿别具一格。站在桥上纵目远望，不禁轻轻感慨："哟，还真是来到了很远的地方呢。"河流也一样因地而异，各有不同的流淌之姿。

挑选这个时候来到熊本，第一个理由是为了参加"东京鱿鱼俱乐部"的同窗会。在这里先为不明所以的诸位做个介绍：所谓的"东京鱿鱼俱乐部"，是由吉本由美女士、都筑响一君和我组成的类似"文化体验队"的组合，三人结伴四处溜达，耳闻目睹各种事情，各自撰写文章（或者拍摄照片），这便是我们的主要活动内容。名义上由我担任队长的角色，在杂志上进行不定期的连载。三人结伴，从热海到萨哈林岛，在各种各样的地方旅行。成果都收进了《地球的走失法》一书中。

吉本女士这个人其实是造型师的鼻祖级人物，都筑君则是个奇谈怪事无所不爱的编辑，还是位获得过木村伊兵卫奖的摄影家，而我原本就是个好奇心重的小说家，三人三个模样，有着各不相同的追求。这样的组合十分有趣，三人结伴出游探访，总是非常愉快。

然而吉本女士由于种种缘故，搬离东京的住所，回到故乡熊本，过起了"悠然自得"的生活（练练大提琴，玩玩园艺），"东京鱿鱼俱乐部"自然就解体了。这是四年前的事。自那以来，我一直寻思着得去一趟熊本，探望吉本女士。恰巧今年六月偶然有这样的机会，我便招呼都筑君："不一起去吗？"他立刻答道："好呀，一起去！"于是可喜可贺，在梅雨季节的熊本市内，"东京鱿鱼俱乐部"的同窗得以重聚。尽管吉本女士事先就发出过忠告："熊本的梅雨季节长得很，不好过哟。"话虽这么说，但除了这个时期，大家的时间都安排不开呀。

2 橙子书店的白玉君

时隔大约四十八年，我再次来到熊本。上次"来熊"（读作"Rai yu"，熊本人不知为何常用这个说法，其他县的人只怕读不来）还是一九六七年，那时我十八岁，刚刚高中毕业，既没上大学，也没进补习学校，没有什么明确的地方可去，整天东游西逛。有一天突如其来地想出去旅行，便从神户港乘上渡轮去了别府，又从那里坐巴士翻过阿苏山，来到了熊本。在熊本看了城堡，漫无目地在街头转悠，由于无事可做，便走进电影院看了场电影。那是一部西部片《大战三义河》，因为由萨姆·佩金帕编剧而闻名于世。但当时我对萨姆·佩金帕这个名字一无所知，只是觉得"还蛮好看的嘛"，离开了电影院。走在夜晚的街头，一个女人上来跟我打招呼，因为心里害怕（要知道我还是一本正经的十八岁呀），我假装没听见，夺路而去。关于熊本，我记得的大概就是这些了。然后又顺道去了长崎，渐渐地兜里没钱了，便掉头回家去了。有生以来头一回体验漫长的单人旅行。独自一人行走在陌生的土地上，单单是呼吸着空气，眺望着风景，就觉得自己一点点变成了大人。

自那以来，时隔四十八年，这次作为年事已高的作家又来到了熊本。抵达后的第二天，在市内的"橙子书店"进行了朗读和演讲。回想起来，在日本进行朗读，自一九九五年以来还是头一回。把暌违多年的朗读活动放在这家小型独立书店，主要是因为我很想见一见著名的招牌猫"白玉君"。吉本女士在信中说，白玉是一只可爱可亲、品相完美的雪白雄猫，完全值得不远千里乘飞机来相会。"橙子书店"就算挤得再满，充其量也只能容纳三十来人，是个空间有限的小书店。不过对我来说，没准这么大反而轻松愉快。上个月在新西兰曾经面对两千人演讲，真是够呛。三十来人刚刚好。

实际见到白玉君（它每天跟着主人一道，开车从家里到店里来上班），果然与传言无异，真是一只招人喜爱的猫儿，我也情不自禁地喜欢上了它。的确，如此完美的猫儿实在难得。为了白玉君造访书店的人好像也不少，是一只名副其实的"招客猫"。

橙子书店的招牌猫"白玉君"

这猫儿又老实又聪敏，从来不会去抓挠店里的商品——图书。

橙子书店位于一条叫玉屋路的繁华大街正中央，周围有些诸如两百元酒吧（饮料两百日元起价，食品可自由携带入店，免收服务费……这生意还做得下去吗）、小寿司店之类的店铺，看上去不像是书店的存身之地，应该说这种地方也很有独立风格，总之"不像"反而更符合预期。店主田尻久子女士二〇〇一年创办了这家店，最初名叫"Orange"，是一家精致漂亮的杂货店兼咖啡馆，没过多久又把隔壁店铺也租了下来，一并经营起心仪已久的"橙子书店"来。店里只陈列自己中意的书，即所谓的"精选店"，自我启发书之类的一本也不放。大致按照每月一次的节奏，举办这种朗读会一类的活动，在生意方面只怕挺不容易。不过既有白玉君施以援手（真是名副其实的"猫之手[①]"），又有热心的顾客捧场，便活力十足地成了熊本文化的一面旗帜。

这天晚上我朗读了题为《养乐多燕子队诗集》的短篇小说（似的东西）。这篇作品曾在"养乐多燕子队球迷俱乐部"的会报上刊载过一部分，在公众面前完整地展示全文，这天晚上还是第一回，姑且可以算作"首次公开"。说起来这只是信笔写就的很随意的东西，没什么大不了，只要诸位高兴就成……就弄成了这么

[①] 日本俗语，指忙得想让猫儿来帮忙。

一种松松垮垮的局面。朗读完毕后，"东京鱿鱼俱乐部"的三个人来了一场轻松的对谈，话题不着边际，倒也算是一个充实的熊本之夜。有朝一日我还想再见一见白玉君，何况对隔壁那家两百日元起价的酒吧也颇感兴趣。

3 漱石住过的屋子和芭蕉树

听说漱石在熊本最后居住的房屋几乎原封不动地保留了下来，我便想，有机会的话要去看看。因为得到了现任屋主的许可，非常幸运地进去参观了一番。明治三十三年（一九〇〇年），漱石在北千反畑町的这座屋子里住了四个月，当时他在熊本第五高等学校当老师。月薪一百日元，这在当时是破格的高薪了，可他本人对在地方上当老师好像并不满意。大概也有这个原因，漱石在熊本住过好多地方，四年零三个月里居然搬迁了五次。搬进这座屋子之后没多久，国家就下达了赴英留学的命令，他便借此机会离开了熊本。

这座房屋建造于明治三十三年（即是说漱石在刚建好不久就搬进来了），自那以来已经历了将近一百二十年，如今仍然在作为住宅使用。院子里与漱石住在这里时一样，高大的芭蕉树枝繁叶茂。芭蕉每到夏天就从根部锯掉，不过很快又长得高大茂盛，如此年复一年。眼前这棵当然难说是漱石当年观赏过的芭蕉树，然而那婆娑风姿却让人不由得作此想。人来人往，时过境迁，树木却毫不在意，只管扎根大地，长留天地之间。枝条长了又锯，锯了又长。

这座房屋是当时还很罕见的二层建筑。爬上陡急的楼梯（下楼相当可怕），有一个空荡荡的房间，铺着榻榻米，好像是做书斋用的。除了一张矮书桌外几乎没放家具，与一楼展现的家庭日常生活截然分割，形成绝世独立的空间。坐在窗边的书桌前，可以俯瞰芭蕉繁茂的院落，那里正静静地下着绵绵细雨。漱石对在熊本住过的几处房屋，曾经十分神经质地写下诸多微词，但对于这最后的寓所似乎感到某种程度的满足。或许是因为他可以在二楼这间宁静的书斋里，暂时离开家人，独自一人静静地沉溺于思考。

这座房屋虽然地处市内，但即便侧耳细听，也没有噪音传来。飘入耳中的只有轻轻的雨声。时间仿佛回到了一百二十年前，有一种奇妙而亲密的感觉。漱石先生是怀着怎样的心情，在这间书斋里度过独处时光的？大概有过种种烦恼与忧郁，也有过种种梦

夏目漱石的故居，他曾执笔创作的房间

想吧。镜子夫人就在两年前，纵身跳入流经市内的白川寻死，那时她才二十一岁。幸好被在场的渔夫救了上来，保住一命，然而夫妇之间却留下了裂痕。尽管不知道详细的情形，但不管怎样，似乎并非简单的人生。

这座房屋现在由与屋主有血缘关系的一对姐妹（分别为八十一岁和七十五岁，家住附近）照料，管理得井井有条，但毕竟还会有漏雨之类，不知道还能维持多久，当地的文化团体似乎在研究收购保存的事情。既然好不容易保存至今，如果能一直维护下去，可就太好了。

4 绕城慢跑

我计划要绕着熊本城跑步，便把慢跑鞋塞进旅行包里带了过来，然而事不凑巧，连日下雨，没法外出。不过到了星期六早上六点钟，睁开眼一看，多日的降雨居然停歇了。虽然天空中乌云密布，可走在路上的行人都没撑伞。"好，今天可得跑上一跑啦。"赶紧换上运动衣，来到了马路上。绕着熊本城慢跑，心情十分舒畅。不会受到红绿灯的干扰，这一点最可贵，尽管因为湿度高，没跑几步就已经汗流浃背了。

唯有一点，路上擦身而过的市民多半会爽朗地大声打招呼："早上好！"这让我稍稍有些困惑。当然，待人友善总好过一切，受到如此温暖的欢迎，旅行者不应该有什么抱怨。然而每当有人打招呼，我总得礼貌地回应，倘若每次都大声回上一句"早上好"，那就无法思考了。我喜欢优哉游哉地一边思考一边慢跑（呃，其实并没有思考什么大不了的事情），对于这一波"早上好"攻势，老实说可能有点吃不消。迄今为止，我在世界上许多城市的街头跑过步，如此频繁地跟人在路上寒暄却是前所未有。在希腊的小岛上，时常会有村里人招呼我："歇一会儿，喝杯茶吧。"尽管如此，也不至于像这样寒暄不断。会不会是熊本这座城市，原来就有一种让市民相互"爽朗地问早安"的风气？还是正在开展一场"大家一起爽朗地问早安"的市民运动呢？

姑且不论这些，绕城慢跑还是十分快乐的。熊本城非常美丽，是一座保存得很暖心的城堡。市民们给人一种珍爱城市的印象。不论是在地势上还是在精神上，从古至今，城堡都构成了熊本这座城市的中心（好似心脏一般），看上去人们似乎巧妙地把城堡的存在纳入了日常生活。这次我没有时间，所以没去爬天守阁，不过早晨花上一小时绕城奔跑一圈，便感到了这种自然而亲密的氛围。在任何一个地方都能看到城堡，这种生活说不定十分美妙。不像卡夫卡的《城堡》，"只能看到，却走不到"。顺便一提，据说熊本市有一项条例，规定"城堡周围不许建造高于石垣的建筑"，我觉得这是一项非常美好的规定。夏威夷考艾岛也有一个规定，"不许建造高于椰子树的建筑"，可能与之相似吧。作为旅行者，我真心希望能一直这样，永远保留"城下町"那从容的时间性。

5 走访万田矿

我去参观了最近每每因为能否顺利列入"世界遗产名录"而成为话题的"万田矿"。所谓万田矿，是位于熊本县北部荒尾市的煤矿设施遗迹，曾经繁荣一时，但如今已经不再采掘（煤炭需求太少，采掘成本过高），被遗留在那里，空无一人。说实话，世界遗产也罢煤矿也罢，我大抵都没什么兴趣，但要是对不感兴趣的东西都不闻不问的话，别说充实的旅行，连这样的旅行记也写不成了。于是我便发奋前去探访了一番，结果却发现相当有意思。

万田矿虽说位于熊本县，实际上是叫三池煤矿的巨大矿脉的一部分，大体位于熊本县与福冈县的交界处，其中一部分设施还属于福冈县西南部的大牟田市。总之不过是事出偶然，人为地在矿脉上画出了一道县界而已。对于煤矿来说，不管是属于熊本县还是福冈县，感觉就像"这种事情，跟我们有什么关系"，只是随意斜躺在那里罢了。然而就行政划分而言，万田矿姑且划归熊本县管辖。于是，作为探访熊本的一环，我们前去参观了万田矿。

从熊本市内到荒尾市，还有相当一段路程。我坐在汽车后座上眺望着车窗外，发现熊本县总而言之有许多山，而且山上长满了树木。山间蜿蜒着许多河流。"嗯嗯，日本还是有许多树嘛。"我再次由衷地感叹道。没有山的地方便有许多水田，到处都在忙忙碌碌地插秧。大家都在拼命劳作，我也不能偷懒，得好好干活才行啊。

另外我还发现，在熊本县，屋顶大多铺着瓦。此前我没怎么意识到，但仔细一想，最近在东京市内，根本看不到瓦屋顶了。有没有瓦屋顶，风景带来的印象大相径庭。此外，在通往荒尾市的公路上，一次也没碰到过保时捷、法拉利、奔驰S级之类的车，倒是轻型车非常之多。公路很通畅，也没有什么颠簸，托其福，我倒是一路好睡。熊本县的公路状况好像很不赖。由于季节的缘故，许多燕子在低空翱翔，这让我对养乐多燕子队的命运浮想联翩。来到了熊本，却要去想什么养乐多燕子队，想也无济于事呀。(广岛的球迷们会不会一看到鲤鱼，就想起广岛鲤鱼队来呢？)

就这么到了万田矿。首先吸引我注意的，是那里的红砖建筑完全是西欧风格，几乎是一派废墟模样，寂寞地伫立在一无所有、空空如也的草丛之中，然而那风姿却是潇洒的英国式样，望上去倒有些像狄更斯小说里的风景。我心想，这是怎么回事？便向导游大叔——一位刚上年纪的老先生打听。他热心地告诉我：那是因为这里最早一批机械全都是英国货。明治初期，在煤矿领域，英国拥有世界上最先进的采矿技术，因此日本从英国进口了成套机械，而安放这批机械的设施和建筑，理所当然就得采用英国式样了。想必是按照从英国寄来的设计图，老老实实地砌砖垒墙，搭建拱窗，规规矩矩地建造出和原型一模一样的楼房来。应该不至于一砖一瓦都是从英国运来的吧，但总之是非常像模像样。所以直至今日，周围的其他建筑已经倾圮崩塌，唯独它依然矗立在那里。

刚刚建成时，人们仰望着这幢建筑，想必对那壮丽的异国情调叹服不已。可想而知，崭新的红砖艳丽辉煌，玻璃窗骄傲地反射着阳光，楼房里最新式的机械发出轰响。在当时的人们眼中，这番景象一定是日本现代化的象征，然而事到如今，却只是残留在荒野之中的废墟而已。周围环绕着长满了红锈的矿车铁轨。绿色的杂草吸收着梅雨季节丰沛的雨水，与历史之类毫不相干，只管到处扩张领地。花儿不可思议地连一朵都看不到，只有遍地丛生的杂草。

建筑物里面，当年的机械几乎原封不动地安放在原处。煤矿被废弃是在一九九七年，这些机械自那以来便一直被遗忘在这里，无所事事优哉游哉地只管睡大觉（不用说，这不是机械的责任）。万田矿被指定为国家重要文化财产，姑且算是个观光景点，但一见之下，似乎并没有受到热切的瞩目。现在却忽然（说不定）要列入"世界遗产"，因而大出风头，对于这般急剧的变化，它好像有些无所适从。就像一个睡得正香却被突然摇醒的人，甚至让我感到同情。当真变成世界遗产的话，只怕会被更加剧烈地摇醒过来吧。要是我的话，宁可这样悠闲地酣睡下去，至于煤矿是怎么想的，就不得而知了。

被遗忘的设施中最值得一看的，是一分钟就能从地面降到地下二百六十四米深的坑道的铁电梯。一旦发生有毒瓦斯泄漏会十分危险，所以根据国家指示，这条垂直坑道已经用混凝土严密封堵起来，只保留了电梯和坑道入口。说是电梯，其实连一扇门也没有，就是一个铁框子，里面满满当当地像油渍沙丁鱼罐头那样塞着二十五人（定员），朝着漆黑的无底深渊（顺便一提，六本木Hills的展望台是二百五十米高）一举坠落下去。像我这样有恐高症的人单是想象一下，就觉得要魂飞魄散了。

青年时期的与谢野铁干在明治四十年，与四位作家朋友一道走访了这座万田矿。为了写稿子，他亲自乘坐过这台可怖的电梯（书中只写着"三池煤矿"，没有记载具体的地名，但看来就是这座万田矿）。我由衷地感到钦佩：明治时代的作家可真了不起。再怎么说是为了写稿，我也做不了这么恐怖的事情。

然而在这座被废弃的煤矿设施里，让我印象最深的，还是那些担任导游的刚上年纪的大叔大婶。据他们自己说："我们是人才派遣中心派来的。"总之就是老年志愿者。他们为人亲切，一看就是循规蹈矩的人，说话带着熊本口音，时不时会出现不易听懂的情况，可让人觉得就像是大明星笠智众[①]专程来为我们做导游似的，托他们的福，心里暖洋洋地告别了煤矿。哪怕只是为了这些人，也希望万田矿能顺利成为世界遗产。连我这个对世界遗产几乎毫无兴趣的人，也在心里这么想（私下里我倒是在推进"让

[①]笠智众（1904—1993），日本著名演员，代表作有《秋刀鱼之味》等，出生于熊本县玉名郡。

太田胃散①成为世界遗产"的运动)。要是能成功该有多好。(这是后话,诸位也都知道,不久之后万田矿成功进入"世界遗产名录",剩下的就是太田胃散啦。)

而且在探访万田矿的回程途中,在一家店名颇为奇怪、叫"高专大个(荒尾本店)"的餐厅里吃到的大阪烧也很美味。用尺寸大得出奇的锅铲,猛然翻动个头大得出奇的大阪烧,那情形很值得一看。荒尾市不知何故满街都是大阪烧店。因为矿工们都喜欢吃大阪烧……不知是否如此,总之假如你有机会去万田矿,归途中请务必品尝一下。配着冰得透凉的唐培里侬香槟王一起吃,非常美味,请不要忘记随身带着高级香槟杯……这话纯属玩笑。我们喝的是普通啤酒,照样很好。那是一家非常亲民的饭馆。

6 前往人吉的SL②旅行

"既然来到了熊本,就应该坐SL到人吉去玩一趟。"因为吉本女士这么说了,所以对SL和人吉都毫无兴趣的我也听从建议,

---

① 日文中"胃散"与"遗产"同音。
② 指蒸汽机车。

从熊本站坐上了 SL。"东京鱿鱼俱乐部"的旅行，我大体总是像这样言听计从、奉命行动。吉本女士常常有机会为从东京"来熊"的朋友们导游（因为她朋友众多），早已坐惯了这趟列车。线路也牢牢地定了型："买这种便当，在这一带一边观赏河景一边用餐。"都筑君还没到规定的地方就打算吃便当，结果受到了严厉的训斥，就像没调教好的狗狗挨训一般，真可怜。这姑且不论，车厢里卖的"饭团便当"真是朴实而美味。

SL 列车并非每天都开，比如六月就只有周末才运行。铁道线路则有联结鹿儿岛与熊本的肥萨线和鹿儿岛本线，熊本与人吉之间每日往返一趟。沿途有许多人招手致意，唤起羁旅之情。然而我望着滚滚升腾的黑烟，却一味担心不已：这般浓烟滚滚，沿途的人家晾晒的衣物岂不是要落满烟灰？我设身处地地感受到，蒸汽机车飞驰而过的画面固然美不胜收，但毕竟与当代的情景不太相符啊。直到下车后，我还在担心晾晒的衣物呢（因为平日里我自己常常晾晒衣物）。

顺便一提，这趟 SL 列车在旅行者中极有人气，指定席总是一抢而空（座位都是指定席），想坐的话最好提前买票。乘坐蒸汽机车与电气机车的舒适程度有差异吗？是呀，多少有所不同，就好比我平时用模拟唱机听唱片，唱片的音质就与 CD 的音质有所不同。蒸汽机车与电气机车或许有着类似的差异。虽然并非天差地远，但还是稍微（然而的确）有点不一样。这种类似感觉的差异对有些人来说，说不定会成为非常重大的差别。但不用说，模拟唱机是不会冒黑烟的。

铁路在半道上变成了单线，需要在各个车站等候交会。不过每个车站都有各自的风情，可以下车到站台上小憩片刻，呼吸新鲜空气，看看周边风光。因为并不需要赶时间，这样也很开心。等到列车沿着球磨川行驶时，车窗外的风景便渐渐变得生气勃勃。这一带的风景恐怕在JR的"全国车窗绝景排行榜"上也名列前茅。激流中可以看到玩漂流的人们。

"所以我才叫你在景色优美的这一带吃便当呀！"都筑君又在挨吉本女士训斥了。

在人吉，我们吃了鳗鱼。我们去的是已去世的安西水丸兄追捧的"上村鳗鱼屋"。铺面不算太大，看似小巧玲珑的一家店，然而里面却"走了一重又一重"，深不可测。整个店堂里充满了烤鳗鱼的气味。据说这里用的鳗鱼是九州（熊本、宫崎、鹿儿岛）产的，下单之后才开肠剖肚，用炭火炙烤，等到端上桌来需要花些时间。不过，小口地饮着酒等待鳗鱼烤熟，也是相当舒爽的事儿。

这家店里的鳗鱼饭套盒是在两层鳗鱼之间铺上一层白米饭，也就是所谓的关西式鳗鱼饭套盒，只烤不蒸，鱼肉有点脆生生的。特制的调料很甜，吃时在上面撒足了山椒粉。吃惯了东京那种软嫩鳗鱼饭的人，可能会觉得纳闷。相比之下，（唯独）鳗鱼饭，我喜欢关东式胜过关西式。但偶尔吃一回也蛮美味的，毕竟肉很厚实，吃完后肚子很饱。

关于人吉市，能想起来的也就是这家鳗鱼屋了，此外也没看过什么。对了对了，逗留此地期间，我突然想起川上哲治就出生在人吉。很久以前，我看过一部叫作《川上哲治物语 十六号选手》的电影。少年川上在人吉的学校棒球部作为投手大展身手，被熊本市的棒球名校相中："待在这种乡下，宝贵的才华会埋没的！"于是他告别了故乡人吉。少年川上肯定也是像宝贝一般抱着球棒和棒球手套，乘上我坐过的肥萨线 SL，眺望着球磨川美丽的流水，怀揣着不安与梦想一路奔向熊本的吧。

7 海上的赤崎小学

从人吉沿着弯弯曲曲的滨海公路驱车向前，我们来到了位于津奈木町（紧邻水俣市北部）的赤崎小学。但这座小学由于周边人口过于稀疏，学生数量年年减少，再加上建筑物出现抗震性问题，于二〇一〇年三月停办了。停办？为什么我们特意要去参观一所已经关闭的小学呢？因为这所小学的校舍是建在海上的。这就是我们的理由。从远方俯瞰，看上去有点像一艘漂浮在海面上的客轮。相当美妙。

海上说来是没有住址的，所以这片校舍没有所谓的地址（土地编号）。如果有人无论如何都想写信到这里来，就只能写成"熊本县苇北郡津奈木町福浜 165 番地再向前"。这个"再向前"感觉好像挺不错，对不对？意思是土地到此为止，再向前就是大海了，洋溢着浓浓的海上生活的气息。这儿甚至还留下了孩子们在课间休息时从窗口伸出钓竿钓鱼的佳话。

这所赤崎小学所在的地域，山峦向海上延伸，勾勒出险峻的地形，所以很难有足够大的平地，连一块像样的运动场都造不出来，孩子们根本无法随心所欲地进行体育运动，于是干脆到海上去造新校舍了。实地看一看，新校舍倒是很壮观。钢筋混凝土的三层建筑，模仿舷窗模样的圆形窗户非常漂亮。校舍是一九七六年完工的，就是说三十四年之间，这里充满了孩子们的欢声笑语（之类）。虽说有万不得已的缘由，但就这样废弃了尚可使用的漂亮校舍，实在非常可惜，况且其中肯定浸满了许许多多在这里度过美好岁月的人们的感情。

我们参观这所小学是在星期六这天。热情的津奈木町镇公所的职员特意赶来，为我们打开了校舍的大门。一脚踏入校舍，首先为内部几乎原封不动的状态震惊。桌椅一样不少，图书馆的书还陈列在书架上。各种备用品也依然如故，挂在墙上的扬声器仿佛马上就要播放校内广播似的，配餐室里张贴着好像是卡路里热量表的东西，教师办公室里各种文件堆积如山，校长室的装饰柜里摆放着醒目的奖杯和奖状。就像是刚刚发生了什么突发事件，老师和学生们都去了别处紧急避难，唯独校舍被遗留在了身后一般。那光景仿佛现实在隐隐约约地抽离而去。地板上散落着无数海蟑螂的尸骸，由此可见，这所学校已经关闭很多年了。海蟑螂们不知打哪儿来，窸窸窣窣地侵入学校，然后就在这儿断了气。为什么海蟑螂要到学校里来死掉呢？谁也回答不上来。海蟑螂脑子里思考的事情真是个谜。

如果万田矿的建筑物是年代久远的历史废墟，那么这里应该就是刚刚出炉、还保留着日常模样的废墟。人们的涓微气息、点滴思绪，都还萦绕在角角落落里。甚至让人觉得，似乎随时都会有小学生吵吵嚷嚷地从走廊拐角处猛然跳出来。

津奈木町当然希望好好利用这如今已别无用处的楼房，也在努力寻找买家。然而抗震性能似乎成了瓶颈，洽谈难以推进。据说最糟糕的情况或许是只能一拆了之。楼房眼下被弃之不顾，不可避免地正在老化，可是它所在的位置却充满了魅力，海水澄澈透明，顺利的话大概还可以改建成疗养设施。

这所小学的前方有两座小岛，弁天岛和赤尾岛，退潮时可以走过去。涨潮时这条满是石块的通道便隐藏到水下去了。我们访问时正值退潮，于是徒步前往。在这样一所位于大自然正中央的小学里度过孩童时代，大概十分快乐吧，看来会留下许多美好的回忆。现在这一带的孩子得坐三十分钟的公交车，到津奈木町中心地带的小学去念书。从公交车道上，可以眺望这所仿佛漂浮在海上的客轮一般、如今已经关闭的小学校舍。

8 到阿苏去

我们住在八代市近郊日奈久温泉一家叫"金波楼"的老旅馆里。这是一家明治四十三年开始营业的老旅馆，在当时算是非常罕见的木造三层建筑，原封不动地保存至今，现在是国家级文物保护对象。地板微微有些倾斜，男子露天浴池从走廊上就几乎一览无遗。如果不介意这些细枝末节的话，该说是样式陈旧古老呢，还是古色苍然，总之是个悠闲惬意的温泉旅馆，甚至有一种时间旅行般的错觉袭上心来。这家旅馆的地板泛着无可比拟的光泽，单是看一看就感佩不已，看来是经过万般擦拭的。投宿这家旅馆，是吉本女士指定的，她说："早就想住一次看看了。"

这一带从前是靠栽种灯芯草繁荣起来的。灯芯草是制作榻榻米的材料，据说八代的产量占全国总产量的八到九成，真厉害。我听说在全盛时期，收购者与本地的农家们怀揣着大把纸币，整天寻欢作乐。在熊本也算得上数一数二的繁华之地。然而如今廉价的中国产灯芯草大量涌入，加之榻榻米的需求减少，种植面积跌落到了鼎盛时期的三分之一，所以此地已经不再景气了。

日奈久温泉周围也一样，一到日落时分便鸦雀无声，说得更直白点，就是相当萧条。道路昏暗，很少有店家开门，只有几间卡拉OK兼小酒馆还在营业。漫步街头的泡温泉的房客似乎也个个百无聊赖。向出租车司机一打听，说是："从前还有脱衣舞剧场呢，热闹极了，现在嘛……"最喜欢这类热闹的"温泉设施"的都筑君因为期待落空懊恼无比。九州新干线就从近旁通过，遗憾的是未能惠及这里。

八代市内还有几家保持着昔日风貌的大型夜总会。最大的一家夜总会叫"白马",少女时代的八代亚纪(出生在八代市)曾在这里谎报年龄登台献歌,一举成名,这家夜总会也因之闻名于世——这是夜总会界权威都筑君告诉我的。嗯,作为对夜总会毫无兴趣的人,我也觉得"白马"的建筑与霓虹灯招牌值得一看,是那种能感受到昭和气派的帅气设计,虽然我们是在宁静的星期天早晨去探访的,不知道现在究竟繁荣到什么程度。

"白马"附近有一条拱廊式的商店街,那里有一家叫"黑猫广播"的别具一格的电器行——虽然店里并没有猫咪,只有狗儿。这里的店主森先生父子俩是铁杆音响发烧友,以真空管放大器制作者的身份在那个世界小有名气。看起来是普通至极的商店街电器行老板,可店内却有一面正规的工作台,父子俩专心致志,在自己动手制作真空管放大器。靠墙排列着好几套奥特·蓝星和JBL的巨大扬声器。只要你提出要求,他们会更换各种各样的放大器,播放美妙的音乐给你听。虽不是披着羊皮的狼,却是披着街头电器行外衣的发烧友,只不过不像狼那样可怕,仅仅是"执迷不悔"而已,为人倒非常热情。

我试听了据说是父亲森精一前一晚刚刚做好的真空管功率放

大器，以及也是最近刚刚做出来的JBL自制组合装置，音响效果妙不可言，根本不像是输出功率只有零点八瓦。从前的扬声器效率高，完全不需要近来充斥市场的那种大功率放大器。音响极其朴素，特色鲜明。这套装置的低频扬声器（低音喇叭），用的是JBL型号为D130的三十八厘米扬声器，其实我家里用的也是配了这种喇叭的装置，可音响效果却与之大不相同，比较起来很有意思。

从星期天一大清早起，就与这对有趣的父子畅聊音响装置，真是一段心旷神怡的时光——星期天本来是固定假日，只因为卷帘门稍稍开了条缝，我便硬是闯了进来。不过一来二往，就到了前往阿苏的特快列车发车的时间，十分遗憾，交谈只好半途而废，尽管我很想用各种各样的扬声器配上各种各样的放大器，优哉游哉地一直将音乐听下去。

如果委托这对父子，而且在条件合适的情况下，好像可以请他们定制真空管放大器。因为是手工制作，不能批量定制。有兴趣的女士先生请联系八代市"黑猫广播"。爱好音响与音乐的人，在这家店随时都会受到欢迎。

在八代车站，我买了一种叫"香鱼屋三代"的香鱼便当，坐上"九州横断特快"。香鱼便当非常好吃。我一面想照这样下去，体重可是要长个不停了，一面还是吃了个一干二净。在旅行途中很难进行健康管理，就只能认命啦。吉本女士也好，都筑君也好，吃起饭来都是狼吞虎咽、又香又甜（吉本女士不管吃多少都不会胖，而都筑君好像是吃多少身上就会长出多少的体质），我也只能舍命陪君子，吃掉了种种东西。

我们乘坐的车厢里不知何故有许多年轻的泰国游客，和我们一样都在阿苏站下了车。那是手臂上刺着文身的男孩们，和纤细苗条、打扮时髦的女孩们。这些年轻的泰国游客要去阿苏干什么？是因为泰国没有火山（我猜大概没有），为了将来之用前来看一看吗？就像我们跑到泰国去看大象农庄一样。关于这一点，我其实很想问一问的，只是因为忙着吃便当，结果没问成。泰国的年轻人到底到阿苏去做了些什么呢？（这是后话，经过调查，在泰国走红的一部电视剧是以九州北部为舞台，因此如今在泰国，前往九州旅行变成了一种风尚。）

在阿苏，我们在县道十一号（即所谓的"山波公路"）沿路看到了令人惊诧的怪异光景。放眼望去，大大小小的树木被巧妙地修剪成了动物的形状。这是一种叫作"林木雕塑"的园艺手法，修剪过的树木大约有七百株，总之是个不得了的数字。制作者名叫若宫道男，在公路沿线开店销售玉米（好像没有店名）。据说他起初是从事畜牧业的，由于人手不够被迫歇业，开始在旱田里种植玉米等农作物，拿到公路边去卖。空闲时一来二去，竟然迷恋上了这种"剪刀手爱德华"式的创意园艺工作。修剪出的动物实在是五花八门，好像以鸟类居多，还有牛、龟、马、象，以及恐龙、熊本熊，甚至还有举棒击球的棒球明星一郎，总而言之各种生物无所不有，而且每一样都修剪得十分精巧。要修剪出这么多东西来，肯定得耗费大量的时间与精力。修剪好的东西肯定还得维护管理，不能出现蓬乱。想到这些便心生佩服，虽然事不关己，还是不由得慨叹。

由于店里玉米不够了（我们吃的碰巧是最后几根玉米），若宫老板急忙跑到地里掰玉米去了，所以非常遗憾，没能与他攀谈，但老板娘把大致情况告诉了我们。若宫老板大约是从二十年前开始修剪这些林木雕塑的，此后便殚精竭虑坚持至今，数目达到了大约七百株，使用的几乎都是黄杨。因为黄杨便于修剪，就把它们运进山种在这里，然后修剪成型，精心维护。店铺背面就是山谷，山谷这一侧场地不够用，于是又租下了对面那一侧，让那一面也出现了林木雕塑群。山谷对面是广阔的牧草地，沿着草地边缘，绿色的动物们排列成行。

是特意跑到山谷对面去，在那边修剪林木雕塑的吗？
对呀。
那岂不是很辛苦的工作？
是很辛苦。

老板娘对丈夫这种充满激情，有时甚至（可能）让人觉得有些疯狂的林木雕塑手艺，长年以来抱着怎样的态度？我没敢深入追问，因为老板娘正忙着做烤玉米生意（一根三百日元）。不过从她的语气中，似乎感觉到"反正是他喜欢干的事，又这么拼命，也没啥太大的害处，就随他去吧"。虽然没觉出提奥·凡高式的舍身追求的姿态，也几乎听不出批判的余韵。

其实非但没有害处，反倒有不少游客被成排的林木雕塑吸引，不知不觉停车驻足，顺便再来店里买根玉米吃——我们也是其中一员。从营业角度来看这片林木雕塑，我觉得是大有益处的。要称作"艺术"恐怕有些难度，但至少可以称之为"成功"。在我们居住的这个广阔世界里，有许许多多不容批评的"成功"。在这样的成功或者说自我完善面前，我们唯有倒吸凉气、唯有敬服的份儿。

就算没有这些林木雕塑，烤玉米也既新鲜又美味。有空的话，不妨在去阿苏时，顺便到若宫老板经营的这家"无名小店"转一转。

9 最后是熊本熊

既然是访问熊本，恐怕还是得提一提熊本熊吧。要知道在熊本旅行的五天之中，处处都能看到熊本熊。或者不如说，想寻找没有熊本熊的风景反而更困难。想象没有熊本熊的熊本县，可能比想象没有金枪鱼和绿芥末的寿司店还要困难，比想象没有便衣警车的小田原厚木公路还要困难，比想象没有反万字旗的纳粹德国还要……哎呀，这个比喻不太妥当。请把这个忘掉吧，对不起。

总而言之，海报上也好，招牌上也好，宣传册上也好，矿泉水上也罢，点心盒上也罢，巴士和市营电车的车身上也罢，皮包上也罢，汗衫上也罢，种种东西、各个角落都有熊本熊展露尊容。就连出租的汽车"丰田普锐斯"上，也印着红黑两色的熊本熊花纹。就算声称整个熊本县都已经"熊本熊化"了，也绝非夸大其词。《熊本日日新闻》上，每天刊载以熊本熊为主角的四格漫画。也许有朝一日连社论都会由熊本熊来写……这当然是开玩笑啦。

其实不光是熊本，东京都港区的便利店货架上，满眼都是熊本熊的商品。看到这些东西，甚至想调侃一句："喂喂，这里不会是熊本县吧？"熊本熊原本是为了配合熊本县宣传活动"熊本惊艳"而设计的吉祥物，是一种"软性标志物"，没想到转瞬之间风靡全日本，如今几乎形成了不妨称作"熊本熊产业"的产业链。近十年来，世间前前后后出现过众多"软性标志物"，然而像熊本熊这样在全日本一鸣惊人的例子，此外却再没见过。这个表达也许不够恰当：它简直像病毒一般无休无止地增殖，侵蚀着四周。

有一点想说明一下，我对熊本熊的印象不好也不坏，只是隐约知道有这么个东西存在，既不肯定也不否定。既不会主动购买熊本熊商品，也不会穿印着熊本熊图案的裤子，不会特别想驾驶印着熊本熊花纹的丰田普锐斯，同时也不会有意排斥它、拒绝它。只是对旅途中处处都有熊本熊一事，老实说，或许有一种吃得过头有些腻味的感觉。假如事态就这么无节制地发展下去，熊本熊商品在全世界泛滥成灾，熊本熊这一标志物变得"脍炙人口"的话，熊本县的存在不是也会变得"脍炙人口"吗？假如熊本熊的形象由于大量生产而变得陈腐，那么与之相随，岂不是连熊本县的形象也将变得陈腐吗？这种情形让人稍稍有些担心。

呃，不管熊本熊今后将走过怎样一条命运之路，都与我这个神奈川县人几乎毫无关系，那是熊本县的问题。这种问题本可以放在一边不管不问，但我这个人天生是不幸的性格，一旦介意起什么来，就会挂在心头难以忘怀，于是决定跑到熊本县一个名字非常之长，叫作"工商观光劳动部·观光经济交流局·熊本品牌推进科"的部门去，听听熊本熊推广负责人是怎么说的——很遗憾没听到熊本熊是怎么说的。熊本熊兄的头衔是"熊本县营业部长"，是一位堂堂正正的公务员，现在忙得不可开交。

我猜想"工商观光劳动部·观光经济交流局·熊本品牌推进科"一定正为了将熊本熊的形象推销到全世界拼命工作，是一间充满活力的最顶级的办公室（电话铃声此起彼伏，人人都双眼圆睁，噼里啪啦地敲击着电脑键盘）。可实际走进去一看，却是个十分清闲的部门。当然，大概人人都在认真地努力工作，不过或许受熊本熊性格的影响，看上去倒像个性质温馨而悠闲的部门。交谈之际，电话铃连一声也没响过，也没有听到怒骂声和欢呼声。以下是我与负责人之间大致的对话内容。

全世界好像到处都有熊本熊，是不是你们的战略原本就是这样呢？

是不是到处都有，我们不知道，但原则上不管是谁，只要愿意，就可以免费使用熊本熊的徽标与标志物，结果就变成到处都在使用熊本熊了。

对于使用者的身份、使用方法是否恰当，你们就不审查吗？

当然审查。不过只要是提升熊本县形象的（或者并没有特别损害的），一般都会批准。

具体说来，哪些做法是提升熊本县形象的呢？

比如说以食品为例，如果采用了熊本县生产的食材，就可以自由使用熊本熊标志物，向获准者发放许可号码。使用者必须出示许可号码。

只要使用一点点食材就可以吗？

只使用一点点就行。

那么像风俗业之类的地方呢？

这种申请，我们根本就不会接受（这不是理所当然的嘛）。

第一个获得熊本熊认可的商品是什么？

佛坛。

熊本熊佛坛？

对的。

熊本县对这种东西有需求吗？

这就与我方无关了。

熊本熊的成功给熊本县带来了什么样的利益？

根据日本银行的推算，自二〇一一年起的两年内，熊本熊带动的经济效应达到一千二百四十四亿日元。

这个经济效应具体来说，到底是谁获益了呢？（而且，如果日本银行当真有如此准确的推算能力，为什么日本还会变成这样一个债台高筑的国家？）……我很想问一问，转念一想还是作罢了。因为对着笑容可掬、和蔼可亲的负责人问这样的问题，我渐渐觉得自己好像是在"欺负熊本熊"似的。到底有谁会故意欺负楚楚可怜的熊本熊呢？

走访了熊本县政府，与熊本熊的负责人交谈之后，有一点让我感触良深：熊本熊这个被人为"制造出来"的存在，好像已经摆脱了它的制造者，或者说已经脱离了熊本县政府"工商观光劳动部·观光经济交流局·熊本品牌推进科"的意图和控制，径自行走起来。简直就像传说中的石巨人[①]一般，恐怕已经无人能够

[①] Golem，希伯来传说中有生命的人偶，多为石造巨人，灌入魔力后可行动，没有思考能力。

阻挡它的步伐，也无法改变它的前进方向了。而且，它大概还会在前进道路上，到处散播另一个被称作"经济效应"的莫名其妙的玩意儿。

至于今后熊本熊会不会像"凯蒂猫"或"海螺小姐"那样，作为普遍的经典形象扎下根来，抑或是在"脍炙人口"之后又渐渐变得陈腐，作为一介小说家，我不得而知。但总而言之，熊本熊君眼下正在精神抖擞地迅速增殖，随着不断增殖，恐怕它也将逐渐离开原来的根基与土壤，越走越远。就像"米老鼠"在普及之后，失去了原来的"老鼠性"一样。对了，我们生活在一个结构非常复杂的世界，在这里，形象具有十分重大的意义，而实质则拼命地追逐其后。

然而不管怎样，今后每当我回忆起这趟熊本之旅时，大概都会怀着这样的感慨吧："那次旅行，一直阴雨绵绵，沿途处处都是熊本熊呀。"一个作家发出这样的感慨，是否也以某种形式包含在熊本熊的经济效应中呢？

后　记

　　这是一本旅行随笔，或者说是围绕我造访过的世界各地，将这二十年来为几本杂志撰写的原稿结集而成的书。大致按照发表顺序收录，只是因为结构原因稍作了一些调整。

　　第一篇《查尔斯河畔的小径》发表于杂志《太阳 临时增刊》，第二篇《有绿苔与温泉的去处》刊载于杂志《TITLE》，最后一篇《从漱石到熊本熊》刊登在杂志《CREA》上。其余篇目则在日本航空公司主要面向头等舱乘客发行的舱内杂志《AGORA》上连载过。

　　《AGORA》是一本以摄影为主的杂志，要求文章写得非常短小，我心想，可是这也太短了吧，所以我总是写好一长一短两个版本，在杂志上连载短的版本，长的则留待出书时用。我从二十世纪八十年代到二十一世纪初，接连出版了《远方的鼓声》《雨天炎天》《边境 近境》《终究悲哀的外国语》《旋涡猫的找法》《悉尼！》等游记性质或海外生活记性质的书，因此觉得"啊，游记嘛，暂且就算了吧"，从某个时间起便不太写关于旅行的文字了。因为一边想着"这次旅行可得写点什么"一边旅行的话，会很紧张，相当累人。我索性放松心情："别去思考工作，清空大脑，安安心心地享受旅行得了。"

然而有时又仿佛突发奇想，受人之托写点儿旅行记。如此一来二往，稿件便积少成多，这次终于能攒出一本书了。将收集起来的文章重读一遍，心中微微涌起一丝后悔的念头："哎呀，另外那些旅行，也应该像这样正经写成文章才是。"因为除了收录在这里的几次之外，我还有许多趣味盎然、令人难忘的旅行。在那些旅途中，我遇见过各种极为有趣的人，体验过各种极为有趣的事。不过事到如今，就算后悔也来不及了。因为旅行记这东西，还是得在旅行刚结束时一鼓作气写下来，否则怎么也不可能写出栩栩如生的东西。

比如漫无目的地在秋日的布拉格街头游荡啦，与小泽征尔先生一起在维也纳度过的纵情歌剧的日子啦，在耶路撒冷多彩而奇妙的体验啦，夏日里在奥斯陆度过的那一个月啦，在纽约遇到的形形色色的作家的故事啦，在西班牙圣地亚哥－德孔波斯特拉浓郁的每一天啦，驾着锈迹斑斑的丰田卡姆利（行驶里程达十万公里）纵横驰骋的新西兰之旅啦，要是好好地将一桩桩一件件都写下来的话，该有多好啊！事到如今，我竟然会这么想，不过当时却只顾自己享受来着。人生，很是艰难啊。

至于本书的书名①，文中也有提及，是我在中转地河内，说"接下来要到老挝去"时，一位越南人向我提出的问题，"老挝到底有什么东西，是越南没有的呢？"

他这么一问，我一时之间竟不知道怎么回答。如此说来，老挝到底有什么呢？然而实际前去一看，老挝果然有唯独老挝才有的东西。理所当然，所谓旅行就是这么一回事。假如事前就明白那里究竟有什么的话，谁也不会特地费时费力出去旅行了。就算是去过许多次的地方，也肯定每去一次都会感到惊讶："咦，原来还有这种东西啊！"这就是所谓的旅行。

旅行是件好事情。虽然有时你会感到疲倦，有时还会感到失望，不过那里肯定会有"什么东西"。来吧，请你也行动起来，

---

①本书日文版书名为《ラオスにいったい何があるというんですか？》(《老挝到底有什么》)。

出发去旅行吧。

《AGORA》的采访，我总是与摄影家冈村启嗣、编辑饭田未知三人结伴而行。每次都是原班人马。托他们的福，好几年间一直工作得很愉快，悠然自得。我想借此机会，向两位表示感谢。

图书在版编目（CIP）数据

假如真有时光机 /（日）村上春树著；施小炜译
. —— 海口：南海出版公司，2018.5
ISBN 978-7-5442-9249-8

Ⅰ. ①假… Ⅱ. ①村… ②施… Ⅲ. ①随笔－作品集－日本－现代 Ⅳ. ①I313.65

中国版本图书馆CIP数据核字(2018)第054238号

著作权合同登记号　图字：30-2017-117

RAOSU NI ITTAI NANI GAARU TO IUNDESUKA? —KIKOBUNSHU
by Haruki Murakami
Copyright © 2015 Haruki Murakami
Photography © Hirotsugu Okamura, Kyoichi Tsuzuki, Eizo Matsumura, Yoko Murakami
All rights reserved.
Originally published in Japan by Bungeishunju Ltd., Tokyo.
Chinese (in simplified character only) translation rights arranged with
Haruki Murakami, Japan
through THE SAKAI AGENCY and BARDON-CHINESE MEDIA AGENCY.

假如真有时光机
〔日〕村上春树　著
施小炜　译

出　　版	南海出版公司　(0898)66568511
	海口市海秀中路51号星华大厦五楼　邮编 570206
发　　行	新经典发行有限公司
	电话(010)68423599　邮箱 editor@readinglife.com
经　　销	新华书店
责任编辑	翟明明　刘恩凡
装帧设计	韩　笑
内文制作	田晓波
印　　刷	北京天宇万达印刷有限公司
开　　本	787毫米×1092毫米　1/32
印　　张	7.5
字　　数	140千
版　　次	2018年5月第1版
印　　次	2022年6月第17次印刷
书　　号	ISBN 978-7-5442-9249-8
定　　价	49.00元

版权所有，侵权必究
如有印装质量问题，请发邮件至 zhiliang@readinglife.com